Vielen Dank
an alle, die mich bisher
mit Wohlwollen und Phantasie,
auf meinem bisherigen Weg begleitet haben.
Weiterhin einen großen Dank an Tori Amos
und 'last but not least'
einen Dank an meine Familie.

So kann's gehen

Kurzerzählungen
von Lydia Kraft

So kann's gehen

Herr Mayer meint es gut	7
Und siehe, es kam schlimmer	16
Auf den Hund gekommen	27
Das andere Ich	40
Schöner Wohnen	51
Im psychedelischen Weltall	63
Ein bisschen Frieden	73
Das Schlüsselkind	82
Kleider machen Leute	92
Am laufenden Band	106
Der Zeitungsartikel	115
Die Meisterköchin - ein Märchen	118

Der Dreckspatz   *122*

Eingeschneit   *125*

Fridolin oder ein Kiezspaziergang   *133*

Frühjahrsputz   *143*

Der One-Night-Stand   *153*

Stromausfall   *166*

Die TV-Revolution   *178*

Das Nummerngirl   *186*

Mutterliebe oder Muttern lieben   *199*

Nachts   *207*

Wenn Englein reisen   *213*

Der Gefühlsstau   *222*

Stille Wasser   *229*

Herr Mayer meint es gut

Wie immer verlässt Herr Mayer pünktlich das Haus. Wie immer stürmen die Nachbarskinder an ihm vorbei.

„Ihr sollt im Haus nicht rennen!" ruft er ihnen ärgerlich hinterher.

Die Kinder schauen sich um. „Wir haben es doch eilig, Herr Nachbar. Sie können sich ja wieder bei unserer Mutter beschweren." Lachend rennen sie die Straße hinunter.

Diese Gören, kein Anstand und Gehorsam mehr, denkt Herr Mayer, während er seinen Weg aufnimmt. Da kann man sich ausrechnen, was aus diesem Land noch werden wird. Aber man muss sich auch nicht wundern, bei der Mutter. Die ist doch völlig überfordert mit diesen Monstern.

Er hat schon einmal versucht, der Frau zu erklären, woran es ihren Kindern fehle. Aber sie fing nur an zu lachen, ja, sie lachte ihn geradewegs aus und antwortete ihm kurz:

„Ja, ich finde auch, dass meine Kinder es immer sehr eilig haben, aber jeder muss doch sein eigenes Tempo bestimmen können, nicht wahr."

So ist das, wenn diese Frauen Kinder bekommen, wie sie wollen. Geprüft sollten sie werden, ob sie dafür geeignet sind. Aber wozu sollten sie sonst auch taugen, wenn sie nicht einmal dieser naturgegebenen Aufgabe gewachsen sind, denkt Herr Mayer auf seinem Weg.

Ungeduldig steht er dann an der Haltestelle. Der Bus kommt auch wieder später, als der Fahrplan es vorschreibt. Wonach soll Herr Mayer sich hier überhaupt noch richten?

Nervös lässt er seine Aktentasche von der einen in die andere Hand wandern. Dem Busfahrer werde ich heute die Meinung sagen, schließlich muss ich für die Verspätung vor dem Chef gerade stehen. Der Bus hält, und Herr Mayer steigt ein. Er verlangt ein Ticket und sieht dem Busfahrer mutig in die Augen.

„Sie sind heute wieder spät", sagt er mit einer Stimme, die seine Erregung verrät.

Der Busfahrer blickt ihn kurz an, dann wieder nach vorn.

„Nichts zu machen, Berufsverkehr."

Herr Mayer befindet, dass es den Verkehr und auch ihn aufhielte, würde er sich jetzt zu einer Diskussion über den Verkehrsfluss hinreißen lassen. Aber nötig hätte es dieser Busfahrer, wütet es stumm in Herrn Mayer, während er sich auf einem Platz hinter dem Fahrer niederlässt und diesen grimmig im Rückspiegel beobachtet. Wo hat der seinen Führerschein gemacht? Der Verkehr ist zu dicht! Dann muss er nachts fahren, wenn er dem Stress des Berufsverkehrs nicht gewachsen ist!

Es ist schönster Sonnenschein, als Herr Mayer am Nachmittag das Büro wieder verlässt. Der Ärger des Morgens ist verflogen, und auch von den letzten zehn Stunden Büroalltag bleibt keine Erinnerung bei Herrn Mayer hängen. Wie immer gab es keine nennenswerten Vorkommnisse bei seiner Arbeit. Obwohl er sich über Frau Weber geärgert hat, die ihm nicht wie gewohnt Kaffee mitgebracht hat.

Der schafft es noch nicht mal, sich zu bedanken, hörte er sie mit überlauter Stimme einem anderen Kollegen erklären.

Was bildet die sich überhaupt ein? Selbst wenn Kaffeekochen nicht in ihrem Arbeitsvertrag festgehalten ist, so ist es doch ein wichtiger Bestandteil ihres Aufgabenbereiches. Und dafür wird sie schließlich bezahlt.

Wo kämen wir hin, wenn ich jeden Tag ein Dankeschön vom Chef erwarten würde? Nicht *ein Mal* wäre mir das in den Sinn gekommen, obwohl ich noch nie für eine Gehaltserhöhung vorgeschlagen worden bin, geht es Herrn Mayer durch den Kopf. Aber jetzt hat er Feierabend, und er findet, es reicht, wenn er

Akten von der Arbeit mit nach Hause nimmt.

Ach ja, da war doch noch etwas. Seine Frau hat angerufen und ihn beauftragt, Brot mit zu bringen. Diese dumme Kuh, nicht in der Lage, den Haushalt ordentlich zu führen! Dabei muss sie doch wirklich nichts anderes tun. Ohne mich wäre diese Frau gar nichts, überlegt Herr Mayer, als er die Bäckerei erreicht.

Beim Betreten des Ladens kündigt ein heller Glockenton sein Erscheinen an. Nervös fährt Herr Mayer zusammen. Was für ein Krach! Da muss ich froh sein, wenn ich keine Migräne bekomme, und alles nur, weil ich ein Brot will!

Aus dem Hinterzimmer des Ladens erscheint eine ältere Frau mit gelangweilter Miene. „Und? Sie wünschen?"

„Äh, Guten Tag!" Nicht einmal grüßen kann diese Frau, wahrscheinlich wäre sie in ihrer Art dann noch schriller und aufdringlicher als ihre Türklingel, denkt Herr Mayer und sagt, ohne sich seinen Ärger anmerken zu lassen: „Ich hätte gerne ein Brot."

„Ja, was für ein Brot?" Verständnislos sieht die Verkäuferin Herrn Mayer an. „Mischbrot? Oder Vollkorn? Oder unser Sonderangebot, Landbrot für eins fünfzig?

„Eins fünfzig. Ist das günstig?"

„Die anderen kosten das doppelte."

Brot zum halben Preis, kann das schmecken? Wer weiß, was die da hinein gemischt haben.

„Zum halben Preis, so, so, wenn die Qualität stimmt, sind eins fünfzig viel gespart bei einem Brot. Ich nehme eins von diesem Landbrot." Aber wenn ich heute Abend eine Lebensmittelvergiftung bekomme, werde ich wissen, woran es liegt, schreit es in Herrn Mayer still, während er das Brot nimmt und den Laden wieder verlässt. Wieder lässt ihn das Klingeln der Türglocke zusammen zucken. Meine Nerven, stöhnt es in Herrn Mayer, und nur weil diese unfreundliche Person nicht die ganze Zeit hinter dem Ladentisch stehen will, wo sie doch nun einmal hingehört.

Ohne weitere Gedanken und ohne noch etwas auf seinem Weg wahrzunehmen, was ihn erfreuen könnte, erreicht Herr Mayer sein Haus und steigt die Treppen zu seiner Wohnung hinauf. Er klingelt, aber niemand öffnet. Was fällt der ein, fängt es in Herrn Mayer an zu kochen, während er in seiner Tasche nach dem Wohnungsschlüssel sucht. Da nehme ich ihr die Besorgungen ab, und sie ist nicht einmal zu Hause.

Herr Mayer öffnet die Tür und stellt fest, dass diese

nicht abgeschlossen ist. Empört darüber, dass die Ankündigung seiner Person so völlig ohne Reaktion bleibt, betritt er die Wohnung, laut den Namen seiner Frau rufend.

„Hier!", antwortet ihm eine bemühte Stimme, die aus dem Wohnzimmer kommt. Herr Mayer betritt das Zimmer, kann aber kein Gesicht entdecken, dem er mit funkelndem Auge seinen Groll verkünden kann. Dafür entdeckt er nach einigem Suchen das Hinterteil seiner Frau, die nach vorn gebeugt zwischen Wand und Sofa klemmt.

„Was machst du denn da?", fragt Herr Mayer fassungslos, da seine Frau sich nicht rührt.

„Hilf mir doch!", ruft sie jetzt mit kläglichem Tonfall.

Wut entbrannt schiebt Herr Mayer das schwere Sofa zur Seite. „Kannst du nicht vorher darüber nachdenken, was du tust? Kannst du überhaupt irgend etwas allein?", schreit Herr Mayer seine Frau an, nachdem sie sich wieder aufgerichtet hat und nach Luft schnappt.

„Ich wollte doch nur", fängt seine Frau weinerlich an zu erklären, „die Sonne schien so schön, und da dachte ich, es wäre eine gute Gelegenheit für einen Frühjahrsputz. Ja, und das Sofa war so schwer, und ich hatte nicht bedacht, dass ich über den Winter ein paar Pfund zu gelegt habe."

„Hör auf zu heulen", ruft Herr Mayer mit lauter Stimme, es ist ihm unangenehm, seine Frau in dieser Verfassung zu sehen. „Dann hast du das Essen auch noch nicht fertig?"

Wispernd und schluchzend verneint seine Frau. Wieder bricht die Wut aus Herrn Mayer hervor. „Weißt du eigentlich, dass du meinen ganzen Tagesablauf durcheinander bringst? Erst muss ich in die Bäckerei, und jetzt soll ich auch noch *vor* dem Essen die Zeitung lesen. Ich muss mich von einem anstrengenden Tag erholen, im Gegensatz zu dir arbeite ich!"

Frau Mayer sagt gar nichts mehr und verschwindet, leise vor sich hin weinend in der Küche. Herr Mayer sagt auch nichts mehr und verschwindet hinter der Tageszeitung, die ihm seine Frau schon auf seinem Lieblingssessel zurecht gelegt hat. Die Neuigkeiten der Welt können ihn heute nicht fesseln. Seine Frau ist unfähig, das hat sie wieder einmal bewiesen, aber plötzlich kann er einen Zusammenhang zwischen ihrer Unfähigkeit und seiner stagnierenden Karriere erkennen.

Er liefert gute Arbeit, aber da er keine entsprechende Erholung finden kann, hat er nicht die Möglichkeit, seine Höchstform zu entwickeln, und das, obwohl er wirklich keine hohen Ansprüche stellt.

Schweigend essen Herr und Frau Mayer. Mürrisch betrachtet Herr Mayer dabei abwechselnd seine Frau und das Essen. Beim Essen fehlt Salz, das ist er gewohnt, auch wenn seine Frau immer wieder beteuert, dass sie genug Salz beim Kochen verwenden würde. So fade, wie ihr Essen ist auch ihr Aussehen, befindet Herr Mayer, während er sie eingehend mustert. Es ist nicht nur diese Nichtfrisur und das ausgeblichene Kleid, das sie trägt. Dieser kummervolle Blick!Und wie sie zusammengesunken da sitzt, als hätte er von ihr die Scheidung verlangt!

Aber Herr Mayer sagt nichts, sondern schaltet den Fernseher ein. Nach den Nachrichten läuft eine Sendung mit Volksmusik. Normaler weise versprechen solche Sendungen einen vergnüglichen Abend, aber heute bleibt seine Stimmung trotzdem getrübt.

Schlecht gelaunt geht Herr Mayer ins Bett, seine Frau folgt ihm und legt sich still neben ihn. Ohne ein Wort löscht Herr Mayer das Licht der Nachttischlampe. Während er auf den Schlaf wartet, geht es ihm durch den Kopf, wie es wäre, wenn seine Frau nicht mehr da wäre. Er würde ein hinreißendes Mädchen kennenlernen. So eins, wie es sie immer in diesen Volksmusiksendungen gibt. Sie würde ihn mit ihrem schwungvollen Lächeln verzaubern und ihn mit ihrer ansteckenden guten Laune mitreißen. Er ist sich sicher, dann würde auch sein Chef bemerken, was für ein Kerl er ist und er müsste nicht mehr lange auf eine Beförderung warten.

Er lauscht in die Nacht. Nur der flache, vertraute Atem neben ihm verrät die Wirklichkeit. Leise steht er auf, zieht sich an und schließt die Fenster. Mit einem kräftigen Atemzug löscht er, die ständig vor sich hin tanzende Flamme in der Gasheizung und dreht die Heizung danach voll auf. Leise schleicht er aus dem Zimmer und zieht genauso leise die Tür hinter sich zu. Er tritt auf die Straße und atmet tief die stille Luft der Nacht ein, bevor er einen langen Spaziergang durch die schlafenden Straßen der Stadt unternimmt.

Es ist 5.45 Uhr, als der Wecker klingelt und Herrn Mayer aus seinen Träumen reißt.

Und siehe, es kam schlimmer

Herr N. setzte sich an den gedeckten Frühstückstisch. Während er die Zeitung nahm, presste er ein kaum hörbares „Morgen" über seine Lippen.

„Guten Morgen", antwortete seine Frau und goss ihm Kaffee in die Tasse. Ohne ein Wort des Dankes verschwand Herrn N.s Kopf hinter der Zeitung.

Unvorstellbare Dinge waren passiert, die seine ganze Aufmerksamkeit beanspruchten. Seit Neuestem wurde sein Land von einer Frau regiert.

„Eine Frau als Regierungsoberhaupt, wie soll das gehen? Da macht doch jeder, was er will", sinnierte Herr N., wenn die Rede auf dieses politische Ereignis kam.

„Es ist doch aber die Partei deiner Wahl", versuchte ihn dann seine Frau zu beruhigen. Aber genau das war es, was Herrn N. verunsicherte. Wer sollte jetzt noch für die Wahrung der guten, althergebrachten Werte stehen? Das Leben war so schon unübersichtlich genug geworden.

„Jetzt hört sich aber alles auf!", rief Herr N. und ließ die Zeitung aufgebracht auf den Tisch fallen.

„Was ist denn nun schon wieder?", versuchte Frau N. Anteil zu nehmen, um ihren Mann im Ernstfall zu beruhigen.

„Diese Kanzlerin! Jetzt will diese Frau unser Land auch noch in die Freiheit führen! Ja, weiß die denn nicht, was los ist? Wir brauchen mehr Sicherheit und keine Freiheit! Was, wenn die hungernden Afrikaner davon Wind bekommen, die überrennen uns doch! Und dann der gemeine Talibanterrorist. Der lebte doch schon lange, als friedlicher Nachbar getarnt, Tür an Tür mit uns." Nein, das ging zu weit. In Zeiten, in denen unkalkulierbare Terroranschläge jederzeit das zivile Leben stören konnten, war dieser politischen Führung nicht mehr zu trauen. Er würde selbst Sorge für seine Sicherheit tragen. Er würde handeln und sich einen Schutzraum bauen.

Gleich nach dem Frühstück ging er in den nächsten Baumarkt. Der war gerappelt voll, denn es wurde gerade mit Supersparrabattaktionen geworben. Der Mehrbedarf an Baumaterialien für die private Sicherheit wurde also erkannt, kombinierte Herr N., der ansonsten nicht viel mit der Heimwerkerei zu tun hatte.

Dass es ein Preisnachlass und keine Preiserhöhung war, die der Baumarkt ausrief, bestärkte Herrn N. in der Annahme, es sei erwünscht, dass der pflichtbewusste Bürger selbst Vorsichtsmaßnahmen für seine Sicherheit traf.

Er stand also nicht alleine da. Trotzdem war es ihm wichtig, den Schein der Normalität zu wahren.

Ohne jemandem das Ziel seines Bauvorhabens zu erklären, suchte er alles zusammen, was er benötigte, und stellte sich in die Reihe der Wartenden an der Kasse.

An der Kasse wollte er gerade sein Portemonnaie zücken, da ertönte der Schrei eines Martinshorn.

Herr N. fuhr zusammen. Jetzt geht es los! Schweiß trat ihm auf die Stirn, und panisch hockte er sich hin, um einem größeren Übel zu entgehen.

„Wo sind die Gasmasken?", zischte er der Kassiererin leise zu. Aber die Frau an der Kasse sah ihn nur sehr merkwürdig an. Unsicher blickte Herr N. nach vorne und nahm einen Mann und eine Frau wahr, die mit einem Blumenstrauß in der Hand freudig und gespannt zu ihm hinabschauten.

„Wem wollen Sie denn imponieren?", knurrte Herr N. „Sehen Sie nicht, dass die Lage bitterernst ist?"

„Wir wollen Ihnen gratulieren", sagte die Frau mit dem Blumenstrauß in der Hand.

„Wieso mir gratulieren? Ich habe nicht Geburtstag!" Herr N. wurde noch misstrauischer. Waren das Verbündete der Taliban, die ihn anwerben wollten? Als Spion oder gar als Selbstmordattentäter?

„Wir sind von der Geschäftsleitung dieses Baumarktes", klärte ihn der Mann in Anzug und Krawatte auf.

„Ach, hätte ich wissen müssen." Vorsichtig und verstört stand Herr N. auf.

„Sie sind unser einmillionster Kunde und bekommen einen Extrarabatt auf Ihre gekauften Waren."

„Aber die Sirene", stammelte Herr N., immer noch ungläubig.

„Eine gute Idee, nicht wahr? Die haben wir extra für dieses Jubiläum einbauen lassen", erklärte ihm die Frau und drückte ihm den Blumenstrauß in die Hand. Herr N. sagte gar nichts mehr, ließ alle Freundlichkeiten, die ihm als millionster Kunde zustanden, über sich ergehen, nahm die extra für ihn geschnürten Pakete mit den gerade gekauften Utensilien, ließ sich abermals den Blumenstrauß in die bepackte Hand drücken und holte erst wieder tief Luft, als er den Baumarkt wieder verlassen hatte.

„Die haben auch noch Spaß dabei! Aber das Lachen wird ihnen schon noch vergehen. Denen muss man erst noch die Ernsthaftigkeit der Situation klarmachen", schimpfte Herr N. leise vor sich hin. Vollgepackt betrat er die S-Bahn. Kraftlos ließ er sich und sein Hab und Gut auf ein paar freien Sitzen niederfallen und starrte apathisch aus dem Fenster.

Und dann auch noch Blumen, holte das Geschehene Herrn N. wieder ein. Als ob ich nicht schon genug zu tragen hätte.

Als er wieder ausstieg ging er vorsichtig den Bahnsteig entlang, nicht sicher, wie lange er sein Gepäck noch fest im Griff haben würde. Eine Person vom Wachschutz sprach ihn an.

„Guten Tag! Würden Sie mir mal bitte Ihren Ausweis zeigen?"

„Müssen Sie mich gerade jetzt belästigen?", Herrn N.s Stimme überschlug sich vor Nervosität.

„Ich habe so viel Gepäck. Sie sehen doch, dass ich keine Hand frei habe."

„Sie haben nicht zu viel, sondern zu wenig Gepäck", berichtigte ihn der Wachschützer.

„Wie kommen Sie denn darauf?", fragte Herr N. mit unruhigen Bewegungen, da ihm ständig eines seiner Pakete oder der Blumenstrauß zu entgleiten drohten.

„Ich habe Sie genau beobachtet", erklärte der Wachschützer Herrn N. „Sie haben eines Ihrer Pakete im Zugabteil liegen lassen."

„Ach ja? Das war ein Versehen", stammelte Herr N. betroffen. Es war ihm nicht aufgefallen, dass ihm etwas fehlte.

„Egal ob versehentlich oder bewusst, diese Tatsache ist höchst verdächtig."

„Es ist verdächtig, wenn ich etwas vergesse?", darauf fiel Herrn N. nichts mehr ein.

„Es ist verdächtig, wenn Sie *im Zug* etwas vergessen", belehrte ihn der Wachschützer. „Haben Sie noch nichts von den Terroranschlägen in Europas Zügen gehört? Wir müssen wachsam sein."

„Ja, ja, deswegen bin ich auch unterwegs." Herr N. war froh, dass sich das Missverständnis jetzt aufklären würde. „Guter Mann, sehe ich aus wie ein muslimischer Terrorist?"

Der Wachmann aber schien ihn nicht verstanden zu haben.

„Man weiß nie, was die Terroristen für Verbündete haben. Deswegen würde ich jetzt auch gerne mal Ihren Ausweis sehen."

Herr N. hielt es für ratsam, sich nicht weiter zu beschweren. Man musste ja froh sein, wenn der Staat versuchte, wenigstens ein Mindestmaß an Sicherheit zu gewährleisten.

Die Pakete und den Blumenstrauß von der einen in die andere Hand jonglierend, suchte er seinen Ausweis hervor und gab ihn mit mattem Blick dem Wachschützer.

Während der Uniformierte die Papiere studierte und sich Notizen machte, hielt erneut eine Bahn, und zwei Kontrolleure stiegen mit einem Punk aus. Dieser grinste Herrn N. an und rief:

„Na, Alter! Hamse dir ooch beim Schwarzfahren erwischt?" Mit einer Büchse Bier prostete er Herrn N. freundschaftlich zu.

Augenblicklich glaubte Herr N., in Ohnmacht fallen zu müssen. Er wusste nicht, was demütigender war, der gemeinsamen Sache mit einem Punk oder einer Talibanfreundschaft bezichtigt zu werden.

Gebeugt und mit hängenden Schultern schmiss er den Blumenstrauß, der mittlerweile nur noch an einzelnen Stängeln die Blüten erkennen ließ, in einen Papierkorb und schleppte sich durch die Straßen der Sicherheit seines Hauses entgegen.

Wochen und Monate waren vergangen. Herr N. hatte sich von den Zwischenfällen beim Einkauf erholt. Mittlerweile konnte er sich stolzer Besitzer eines unterirdischen Schutzraumes im Garten hinterm Haus nennen.

Mehrere Wochen hatte seine Frau nicht mit ihm geredet, da eines ihrer Rosenbeete beim Ausheben der Grube im Wege gewesen war. Sie wollte einfach nicht verstehen, dass ein wirksamer Schutz Opfer verlangte. Aber wenn der Ernstfall eintrat, würde sie es ihm schon einsichtig danken. Dessen war sich Herr N. sicher.

Dafür hatte er aber völlig unerwartet durch den Bau des Schutzraumes seinen Sohn wiedergefunden. Dieser war für ihn schon seit Jahren kaum mehr sichtbar gewesen, und auch die Worte, die sie in dieser Zeit miteinander gewechselt hatten, waren an wenigen Händen abzuzählen. Beim Bau des Schutzraumes hatte er ihm bereitwillig, ja sogar begeistert geholfen. Sein Sohn war es, der ihn davon überzeugte, eine Stromleitung in das Erdloch zu legen. Auch hatte er eigens eine ausgetüftelte Belüftungsanlage entworfen.

Herr N. war zufrieden. Egal was für politische Entwicklungen es geben würde, er konnte sich in Sicherheit wiegen. Seine Würde war wiederhergestellt. Sie verlieh ihm einen aufrechten Gang und ein mildes Lächeln.

Bis eines Tages zwei Männer in langen Mänteln am Gartentor erschienen.

„Guten Tag! Sind Sie Herr Neumann?"

„Ja, und wer sind Sie, dass Sie das wissen?", fragte Herr N. gut gelaunt und trat ans Gartentor.

„Wir sind von der Sicherheit. Aber die Fragen stellen wir hier."

Herrn N.s Lächeln erlosch. Wie weit musste der Filz von Gewalt und Korruption gediehen sein, dass die Sicherheit sich von ihm lohnende Informationen erhoffte?

„Sie sind Besitzer eines privaten Schutzraumes?"

„Ach, der Schutzraum." Herr N. atmete erleichtert auf. „Ja, das kann man wohl sagen."

„Was hat Sie denn veranlasst, sich so absichern zu müssen?"

„Ach, ich dachte, es wäre gut, eigenverantwortlich etwas für meine Sicherheit zu tun. Im Ernstfall dem Staat zur Last zu fallen, nein, das wäre nun wirklich nicht meine Art." Es war ihm jetzt doch peinlich zuzugeben, dass die Führung einer Frau ihm kein Vertrauen einflößen konnte.

„Gut und schön. Und Sie sind sich sicher, dass Sie nicht mit staatsfeindlichen Aktionen in Verbindung stehen?"

„Also, wissen Sie!" Abermals fühlte Herr N. sich getroffen. „Ich bin überzeugter Christ, nie würde ich einem Muslim die Tür aufhalten."

„Wir werden ja nicht nur von der Taliban bedroht", antwortete einer der Männer kurz und fügte hinzu: „Können wir den Schutzraum mal besichtigen?"

Herr N. ließ die Männer in den Garten, und nicht ohne Stolz öffnete er die Luke, die den Eingang zum

Schutzraum versperrte.

Ein seltsamer, süßlicher Geruch stieg ihm in die Nase. Die Männer stürzten an Herrn N. vorbei in das Dunkel hinab.

„Es gibt auch Licht", sagte Herr N. beleidigt, als auch er in die dunkle Grube hinabgestiegen war und den Schalter für die Lampe umkippte.

Sprachlos blieb er stehen. Er sah eine gepflegte Anlage mit hoch gewachsenen Pflanzen.

„Deswegen wohl der Geruch", versuchte er die Worte wiederzufinden, als er bemerkte, dass ihn die Männer erwartungsvoll anblickten.

„Eine Marihuanaplantage! Das reicht, Herr Neumann!" Mit einem völlig neuen Tonfall, der keine Zweifel mehr übrig ließ, kamen die Männer Herrn N. gefährlich nah. „Ihr Spiel ist vorbei. Wir werden Sie jetzt mitnehmen. Dann werden wir uns ausführlich über Ihre Freunde und die Taliban unterhalten."

Augenblicklich war Herr N. ein gebrochener Mann. Ohne ein weiteres Wort zu verlieren, senkte er den Kopf und erhob ihn auch nicht, als er am Haus vorbeiging, wo seine Frau und sein Sohn standen und zusahen, wie er abgeführt wurde.

„Siehst du, Vater, das ist die Freiheit, von der sie reden. Lass dich nicht unterkriegen!", hörte er seinen

Sohn rufen, ohne zu verstehen, was der da sagte. Erst viel später sollte Herr N. erfahren, dass sein Sohn noch in der gleichen Nacht untergetaucht war.

Auf den Hund gekommen

Frau Schneider war eine glückliche Frau. „Ich habe alles, was man sich wünschen kann", erklärte sie, wenn die Rede auf sie kam.

Ein treu sorgender Mann, der leicht zufriedenzustellen war. Eine halbwüchsige Tochter und einen kleinen Sohn. Gut, die schulischen Leistungen des Mädchens waren nichts, womit man prahlen konnte, aber da lag die Hoffnung ganz beim Jüngsten. Bei einem Jungen war die Intelligenz sowieso viel entscheidender.

Und ein geräumiges Haus hatte sie, das in einer steten, sauberen Ordnung den Glanz ihres Glückes widerspiegelte. Nur ab und zu hinterließ der Hund ihrer Kinder eine hässliche Dreckspur auf dem gebohnerten Boden. Dann wusste sie, dass die bestehende Ordnung noch nicht perfekt war.

Ihr Mann bekleidete einen gehobenen Posten, und Frau Schneider stand gut da in der Nachbarschaft. Jeder kannte jeden, Neuigkeiten wurden ausgetauscht, und bei Problemen hatte jeder eine Lösung parat. Meinungsverschiedenheiten gab es sicher auch, von denen hörte man aber nur hinter vorgehaltener Hand. Frau Schneider war nicht angreifbar und über jeden Zweifel erhaben.

Umso größer war ihre Bestürzung, als sie sich in einer nachbarschaftlichen Kaffeerunde in ein Gespräch verwickelte.

„Sie auch noch Kaffee, Frau Schneider?"

„Ach ja, bitte, Frau Müller."

„Ist ja jetzt auch nicht einfach für Sie."

„Was ist nicht einfach für mich? Ich weiß nicht, wovon Sie reden."

„Ich weiß auch nichts", antwortete Frau Müller. „Ich habe nur bemerkt, dass Ihr Mann in letzter Zeit immer so spät nach Hause kommt."

„Ach so, das." Frau Schneider atmete erleichtert auf. „Das ist, weil es für meinen Mann die Karriereleiter steil hinaufgeht. Da muss er viel arbeiten, Leistung bringen. Sie sollten lieber fernsehen, als die Nacht am Fenster zu verbringen."

„Ach, und ich dachte immer, wer im Chefsessel sitzt, delegiert die Arbeit und hat sie nicht. Da muss ich nicht erst fernsehen."

„Frau Müller, was wissen wir schon von dieser rauen Arbeitswelt?"

„Das reicht Ihnen als Erklärung für so viele Verspätungen?", mischte sich Frau Lehmann in das Gespräch. „Ich würde in diesem Fall einen Privatdetektiv engagieren. Der kann schnell Licht ins Dunkel bringen."

„Privatdetektiv! So etwas brauche ich nicht. Im nächsten Urlaub fahren wir in die Karibik, das schenkt uns niemand. Wir haben es nicht nur zum Weihnachtsfest schön, das ist mir Beweis genug", verteidigte Frau Schneider ihren Mann und ihre heile Welt.

Dennoch, als sie wieder alleine war, stürzte Frau Schneider in das Dunkel der Ungewissheit und rief noch am selben Abend ihre Mutter an.

„Was? Dein Mann soll fremdgehen? Das kann doch nicht möglich sein."

„Das habe ich auch gesagt. Aber sie meinten, nur ein Privatdetektiv könne Klarheit verschaffen."

„Sie meinten! Du bist meine Tochter, einen Privatdetektiv haben wir nicht nötig. Das klärst du anders. Du wirst in Zukunft, wenn du seinen Anzug abbürstest, ein wachsames Auge auf den Stoff werfen."

„Seinen Anzug abbürsten? Das mache ich nicht. Ich bringe den Anzug in die Reinigung."

„Dann wirst du es von jetzt an tun. Sag ihm, du willst Haushaltsgeld sparen."

„Ja, gut. Und was mache ich, wenn ich etwas finde?"

„Das entscheiden wir dann. Bis dahin lass dir nichts anmerken und tu so, als sei alles in Ordnung. Du musst jetzt den Schein der Normalität wahren. Hast du schon Geschenke für das Weihnachtsfest gekauft? Das ist im Moment viel wichtiger."

Es war erst Anfang August, aber ihr fiel nichts Besseres ein, also befolgte Frau Schneider den Rat ihrer Mutter. Beim Bummeln durch die Kaufhäuser, beim Bezahlen der Geschenke — immer wieder befielen sie leise Zweifel hinsichtlich der Treue ihres Mannes. Es war nicht das erste Mal, dass sie ein Geschenk aussuchte und verpackte, um es in seinem Namen unter dem Weihnachtsbaum wiederzufinden.

Die Zeit verging und nichts konnte ihren Mann bloß stellen. Nur ein paar Schuppen zeugten davon, dass ihr Mann Träger seines Anzuges war. Die nachbarschaftliche Prophezeiung blieb unerfüllt und verlieh Frau Schneider einen erhabenen Glanz der Sicherheit. Da entdeckte sie beim Abbürsten des Anzugs den nicht mehr erwarteten und dennoch zerstörerischen Beweis: Ein fremdes, langes Haar klebte am Kragen des Jacketts. Sie war sich sicher, bei ihr hätte er diese Haarfarbe nicht geduldet. Verzweifelt telefonierte sie wieder mit ihrer Mutter.

„Kind, du musst jetzt stark sein. Aber ein Haar ist noch keine Perücke. Du darfst dir nichts anmerken lassen. Mach ihm keinen Vorwurf. Beobachte weiter, ich werde euch Weihnachten besuchen, und dann werden wir mit ihm reden. Und sag um Himmels willen nichts zu den Nachbarinnen!"

Frau Schneider wurde misstrauisch und still. Akribisch beobachtete sie weiter den Anzug ihres Mannes. Jeden Morgen untersuchte sie den Stoff auf das Genaueste, bevor sie mit der Bürste diskret die Spuren des Vortages beseitigte. Immer wieder fand sich ein Haar, das sie keiner ihr bekannten Person zuordnen konnte. Diese Funde härteten sie innerlich ab, und sie pflichtete ihrer Mutter bei, dass es nichts Ernstes, nichts Ernstzunehmendes sei, da es sich stets um verschiedene Haartypen handelte. So spielte sie weiter die Hüterin einer glückseligen Sicherheit, auch wenn der Schein von einer dunklen Wolke überschattet wurde.

Kurz vor dem Beginn der Adventszeit teilte ihr ein Brief mit, dass ihre Tochter Gefahr lief, von der Schule zu fliegen. Das Mädchen hatte das Schulklo für gewerbliche Zwecke genutzt. Sie entkleidete sich in einer Toilettenkabine und ließ sich dabei durch das Schlüsselloch beobachten.

In ihrer Verzweiflung fing Frau Schneider an, das Haus von oben bis unten zu putzen. Aber nichts wollte mehr in gewohntem Glanz erstrahlen. Ihr Ansehen litt, und sie litt mit.

Hatte das Kind nicht immer alles bekommen? War das Taschengeld zu gering gewesen?

„Er hat mit mir Schluss gemacht. Ich wollte mich

doch nur rächen", erklärte die Tochter unter Tränen, als Frau Schneider sie zur Rede stellte. „Dabei liebe ich ihn doch so sehr."

Einen Moment lang überlegte Frau Schneider, was ihre Tochter da erzählte.

„Kein Mann ist das wert", versuchte sie ihre Tochter zu beruhigen. „Aber könntest du in Zukunft an deine Familie denken? Wir lieben dich doch!"

Die Antwort war das Knallen der Tür, als das Mädchen beleidigt in seinem Zimmer verschwand.

Das war zu viel für Frau Schneider, und heute war wieder Kaffeerunde bei der Nachbarin. Wenn sich dieser Vorfall nun schon herumgesprochen hatte! Sie sagte das Treffen mit den Nachbarinnen ab.

Dennoch bekam sie die Chance, etwas für ihren guten Namen zu tun. Die Frauen der Nachbarschaft wollten in der Adventszeit für karitative Zwecke Päckchen packen. Vielleicht konnte der Funke der Liebe durch christliches Handeln wieder auf ihre Familie überspringen.

Es sollte kein gewöhnliches Päckchen sein, das Frau Schneider spenden wollte. Nicht vollgestopft mit Sachen, die man einfach wahllos im Supermarkt mitgenommen hatte. Ihr Paket würde gefüllt sein mit Dingen, die bisher den Alltag ihrer Familie begleitet hatten. Opfergaben, die eine milde Buße waren, gemessen an ihren Leiden durch den ramponierten Familiensegen.

Bald war das Päckchen fertig. Niemand im Haus schien das Fehlen der persönlichen Dinge zu bemerken. Nur ihr Sohn brach in Tränen aus, als er seine Lieblingspuppe nicht fand, ohne die er nicht einschlafen konnte. Frau Schneider gab sich Mühe, dem Kind einfühlsam zu erklären, dass die Puppe zum Weihnachtsmann gegangen sei, um ihm zu berichten, ob ihr Sohn auch brav gewesen war. „Wenn es deiner Puppe bei dir gefiel", erklärte sie, „wird der Weihnachtsmann sie sicher wiederbringen."

Große Ohren und Augen hörten der Geschichte zu. Tränen liefen leise über das kleine Gesicht, und weder der Adventskalender noch Lieder oder Gedichte konnten bei dem Kind die Freude auf den Weihnachtsmann entfachen.

Ich mache das wieder gut, sagte sich Frau Schneider. Jeder Einzelne in der Familie sollte die Geborgenheit in ihrem Nest zum Weihnachtsfest wiederfinden. Mit diesem Vorhaben versank Frau Schneider in ein geschäftiges Treiben bei den Vorbereitungen für das Fest der Güte.

Und dann war es so weit. Das Haus war festlich hergerichtet, der Tisch war gedeckt wie für ein fürstliches Mahl, die Familie hatte sich unter dem Weihnachtsbaum versammelt. Es klingelte, und der Weihnachtsmann, den Frau Schneider schon vor Wochen bei der Studentenvermittlung bestellt hatte, trat ein. Unter dem Kostüm des alten Mannes schauten ein paar lebendige, junge Augen hervor und blinzelten der Tochter verschwörerisch zu.

Als Erstes war der Sohn an der Reihe. Widerwillig sang er dem Weihnachtsmann ein Lied und wurde immer misstrauischer, als der dicke Mann ihn fragte, ob er denn auch artig gewesen sei. Wenn dieser Mann das nicht wusste, wer hatte dann seine Puppe Karl? Der Junge hatte keine Chance nachzufragen, denn schon schob Frau Schneider die Tochter vor den Weihnachtsmann und verlangte von ihr, sie solle dem Mann ein Gedicht vortragen. Einen Moment lang sah die Tochter die Mutter an und wusste nicht, ob sie weinen oder lachen sollte. Dann fasste sie sich und sagte brav einen Spruch auf. „Lieber, guter Weihnachtsmann, ich wohne hier schon ziemlich lang, und willst du nicht nur höflich sein, dann lasse mich hier nicht allein."

Der Weihnachtsmann fing an zu grinsen. „Nun, einen Engel könnte ich schon noch an meiner Seite gebrauchen."

Frau Schneider wollte zu einer Predigt ansetzen, aber schon hatte das Mädchen seine Jacke an und zog den Weihnachtsmann mit zur Tür hinaus.

Die Mutter besann sich auf den Vorsatz, an diesem Tag ihre Güte walten zu lassen, und rief den Fliehenden hinterher, dass sie die Kondome nicht vergessen sollten und dass sie auch hier übernachten könnten. Der Student solle nur nicht im Kostüm erscheinen, damit der kleine Sohn nicht seinen Glauben an den Weihnachtsmann verliere. Frau Schneider wollte noch auf eine Antwort warten, aber da meldete sich ihr Sohn mit einem lauten Aufschrei. Bestürzt rannte sie wieder ins Wohnzimmer und fand das Kind weinend vor seinen Geschenken.

„Dieser Mann hat mir Karl nicht wiedergebracht!"

„Aber dafür hast du doch ein neues Auto bekommen." Sie verkniff es sich zu sagen, dass das für ihn sowieso ein besser geeignetes Spielzeug war.

Herr Schneider mischte sich in das Gespräch. „Was gefällt dir denn nicht an dem Auto?"

„Das Auto ist mir egal", erklärte der kleine Junge unter Tränen. „Aber die Mutti hat gesagt, der Weihnachtsmann bringt mir Karl wieder. Denn Karl hat immer gesagt, dass er gerne bei mir ist."

„Wovon redet der Kleine?" Verständnislos sah Herr Schneider seine Frau an. Stockend erzählte Frau Schneider ihm von dem Päckchen der Nächstenliebe.

Da der Blick ihres Mannes immer wütender wurde, unterließ sie es, ihm von der Opfergabe zu berichten, die er für die Familie erbracht hatte.

Der Mann schickte den Sohn in sein Zimmer und beruhigte ihn. Er sagte ihm, dass er alles unternehmen würde, um die Puppe Karl wiederzufinden.

Lautstark machte er seiner Frau Vorwürfe. Diese schwieg schuldbewusst und beobachtete mit klopfendem Herzen, wie ihr Mann zu der Schublade ging, in der bis vor Kurzem seine Tabakspfeife gelegen hatte.

„Was ist denn das?", fragte er ungläubig „Wo hast du die Pfeife hingepackt?"

Frau Schneider schluchzte und erzählte ihm nun doch, dass auch er Buße tat mit dem Päckchen der Nächstenliebe. Dabei verwies sie auf die Haare, die sie auf seinem Anzug gefunden hatte, und dass es doch eine geringe Buße wäre, gemessen an dem, was er ihr angetan hätte.

Wütend und unter lauten Vorwürfen holte auch der Mann seine Jacke und sagte, wenn sie das nächste Mal Buße wolle, solle sie zu einem Pfarrer gehen. Ihm wäre jetzt jede Sünde lieber als ihr verlogener Ehefrieden. Abermals fiel die Wohnungstür laut ins Schloss.

Frau Schneider wollte gerade in Tränen auszubrechen, da klingelte es. Sie stürzte an die Tür. Es war ihr Mann, der die Autoschlüssel vergessen hatte.

„Du hättest doch wenigstens noch was essen können", sagte sie, als sie ihm die Schlüssel gab, konnte aber nur mit ansehen, wie ihr Mann mit seinem Auto verschwand. Am Ende ihrer Kräfte, hielt sich Frau Schneider am Türrahmen fest und entließ einen stummen Schrei in die kalte Dunkelheit.

Plötzlich rumorte und schepperte es im Esszimmer. Erschrocken stürzte Frau Schneider hinein und sah den Hund, am weißen Tuch zerrend, den gedeckten Tisch abräumen. Zufrieden ließ das Tier sich neben dem Scherbenhaufen nieder und machte sich über den Braten her. Zitternd kämpfte Frau Schneider gegen einen Tobsuchtsanfall an. Dann ließ sie sich ermattet auf den Teppich sinken. Ohne den Hund aus den Augen zu lassen, erinnerte sie sich wieder ihres Vorsatzes, an diesem Abend Güte walten zu lassen.

„Wenigstens du weißt, was gut ist", sagte sie zu dem Hund. Dieser ließ sich den Braten schmecken und gab nur ein zufriedenes Grunzen von sich.

„Ich habe dich als Familienmitglied bisher wohl etwas unterschätzt", fuhr sie fort. Sie riss sich ein Stück vom Braten ab und stopfte es sich in den

Mund. Ein leises Knurren begleitete ihre Bewegung, aber sie redete mit vollem Mund weiter. „Wenigstens dir schmeckt es. Von jetzt an sollst du mit am Tisch essen. Das verspreche ich dir."

„Dann solltest *du* erst mal am Tisch essen", antwortete ihr ungehalten eine Stimme. Verblüfft hielt Frau Schneider im Kauen inne und sah den Hund an. „Warum hast du nicht schon früher gesagt, dass du reden kannst?"

„Ich bin es, die mit dir redet", antwortete die Stimme jetzt noch unfreundlicher, und Frau Schneider entdeckte ihre Mutter in der Tür. „Du bist allein?"

„Ja, siehst du doch", antwortete Frau Schneider gereizt und trank hastig aus einer Flasche Wein.

„Habt ihr euch gestritten?", fragte die Mutter entsetzt.

„Nein, ich habe sie rausgeschmissen." Frau Schneider hatte keine Lust mehr, ihre Güte zu beweisen. Mühevoll versuchte sie, sich zu erheben.

„Du hast sie vergrault, und das heute! Du solltest doch mit den Vorwürfen warten, bis *ich* **erscheine!**"

Gerne hätte Frau Schneider ihr Versagen, ihr eigenmächtiges Handeln mit dem Päckchen der Buße gerechtfertigt, aber sie hatte keine Kraft mehr. Verloren ließ sie sich wieder neben dem Hund nieder und hörte, wie ihre Mutter am Telefon ihre Adresse durchgab.

Viele Wochen später, Ostern war schon vorbei, konnte Frau Schneider die Ärzte davon überzeugen, dass sie sich genügend von den Strapazen des Weihnachtsfestes erholt hatte. Regelmäßig wurde sie von ihrer Familie besucht. Schweigend standen die drei an ihrem Bett oder gingen mit ihr im Park spazieren und bemühten sich, ihr zu zeigen, dass sie sie vermissten. Niemand hatte den Mut, Frau Schneider zu sagen, dass das Familienleben ohne sie ganz gut funktionierte und recht harmonisch war.

Das andere Ich

Es war November. Das Grau des Himmels ließ den Hades erahnen, dem sich die Menschen der Antike in dieser Jahreszeit zuwandten. Zeit, Rückschau zu halten. Leider ließen mir meine Lebensumstände keine Zeit für solcherlei egozentrischen Herbstallüren.

Ich hatte meinen Chef nach treuen Diensten um eine Gehaltserhöhung gebeten. Obwohl die Konjunktur sich belebte, meinte mein Chef, es bestehe keine Chance, dem Himmelreich ein Stück näher zu gelangen. Statt eines Gehaltsschecks händigte er mir die Kündigung aus. So stand ich also vor der Pforte des modernen Hades. Ich musste zum Arbeitsamt, mich als arbeitssuchend registrieren lassen.

Einen Moment lang überlegte ich, ob ich die Seelsorge anrufen sollte, da meine neuen Aussichten mich in ein pekuniäres Loch fallen ließen. Dann entschied ich aber, mir lieber ein zweites Ich, eine andere Natur, überhaupt ein neues Leben zuzulegen. Ich konnte dabei dem Himmelreich nur näher kommen und wagte den Schritt zum Neuanfang.

Alles war ganz einfach. Als Erstes legte ich mir eine neue Identität zu. Ein neues Outfit, einen anderen

Namen, und meine biografischen Daten waren vollkommen unverfänglich. Mein zweites Ich wurde von einer Leichtigkeit getragen, dass ich hätte neidisch werden können.

Sofort begab ich mich auf Wohnungssuche. Ich musste auch nicht lange suchen, denn mein Konto war gut gefüllt. Keine Ahnung, wo die Kohle herkam, vom Amt sicher nicht. Mein Kontostand wäre dann nicht mit so vielen Nullen versehen gewesen. Einem geschenkten Gaul schaut man aber nicht ins Maul, und so war ich bald Eigentümerin einer kleinen, aber gemütlichen Wohnung.

Die Räume waren noch leer, und ich war gerade dabei, die Energien meines neuen Heims auf mich wirken zu lassen, da klingelte es an der Haustür. Wilfried, der eben mal hallo sagen und sich vorstellen wollte, da er ein Nachbar war. Eigentlich stand das nächste Haus zwei Straßen weiter. Ich wollte nicht unhöflich erscheinen und fragte nicht, woher er denn wusste, dass hier jemand einziehen würde. Es war noch nicht einmal ein Möbelwagen vorgefahren. Ich ließ mich auf einen Smalltalk ein, der dann kein Ende nehmen wollte, bis ich ihn bat zu gehen. Das tat Wilfried mit der Bemerkung, ich solle keine Scheu haben, ihn anzurufen, wenn ich Hilfe bräuchte.

Endlich konnte ich mich wieder meiner Wohnung

widmen. Während ich abermals versuchte, die Schwingungen meiner neuen Behausung auf mich wirken zu lassen, bemerkte ich, dass ich nicht mehr alleine war. Es schien, als begänne mein neues Ich, eine eigene Persönlichkeit zu entwickeln.

Dieses zweite Ich suggerierte mir, dass es dringend Komfort, Spaß und Luxus in seiner neuen Hütte bräuchte. Das waren gleich drei Dinge auf einmal. Ich befürchtete, dass mein anderes Ich da etwas zu extravagant war. Aber es ging wirklich. Ein Blick auf den Kontostand garantierte, dass ich die Wohnung komplett neu einrichten konnte. Geiles Leben, dachte ich und begab mich auf die Shopping-Meile am Rande der Stadt. Hier blieb die Zeit für mich stehen, oder vielmehr: für mein zweites Ich. Es machte wirklich Spaß, mit ihm das Inventar für unser zukünftiges Heim auszusuchen, ohne dabei auf jeden Cent achten zu müssen.

Eine nettes Sofa und einen eleganten Esstisch, der sich auch vor dem Sofa gut machte und der so groß war, dass der neue Computer darauf nicht weiter auffiel. Dann leistete ich mir eine Spülmaschine. Ein weiteres Indiz dafür, dass ich dem Himmelreich ein Stück näher gekommen sein musste. Des Weiteren einen Essstuhl und einen Stuhl mit einem Schachtisch. Eigentlich wollte ich mir noch eine High-End-Stereoanlage in die Wohnung stellen.

Aber im Wohnzimmer war kein Platz mehr, und für das Schlafzimmer wählte ich lieber ein Bücherregal und eine E-Gitarre mit Verstärker. Letzteres musste einfach sein, war ich mir doch sicher, garantiert keine Nachbarn zu nerven. Was für ein Glück! Ein Saxophon wäre zwar noch besser gewesen, das gab es im Musikgeschäft aber nicht, und ich wollte nicht kleinlich sein. Ich war vollauf zufrieden mit meinem neuen Leben.

Mein zweites Ich sah das genauso, denn es gab mir zu verstehen, dass ich alle Kriterien und Normen erfüllt hatte, um es bei bester Laune zu halten.

Und es kam noch besser. Ich brauchte mich nicht um den Einkauf zu kümmern; der Kühlschrank war einfach immer voll, und ich musste auch keine Klamotten waschen. Mir wollte das etwas zu romantisch erscheinen. Aber mein zweites Ich sagte, das wäre schon in Ordnung, und ich könnte ja das Klo putzen, wenn mich mein Ordnungsbewusstsein nicht zur Ruhe kommen ließe.

So war ich dann eigentlich nur mit Essen, Pinkeln gehen und den netten Vergnügungen beschäftigt, die mir der Einkauf ermöglicht hatte: Schach, Lesen, Gitarre spielen oder auch mal gar nichts tun.

Es ließen sich auch immer mehr Nachbarn blicken, die jederzeit für einen kleinen Plausch zu gewinnen waren. Bei dieser regen Nachbarschaft, dachte ich, konnte es nicht lange dauern, bis sich auch ein geeigneter Lover finden würde. So war ich voller Hoffnung und Dankbarkeit für dieses neue Leben, und alles war gut. Bis mir eines Tages ein Nachbar erzählte — ich glaube, es war Willi —, dass man mit dem Computer auch prima Jobs finden könne.

Auch gut, dachte ich. Wenn das Privatleben so gut anlief, vielleicht offenbarte mir auch die Arbeitswelt paradiesische Zustände. Ein Job, der mir Spaß machte, und eine angemessene Bezahlung — mehr hätte ich für den Anfang nicht erwartet.

Vielleicht hätte mich jetzt der Liebhaber retten können, auf den ich so nebenbei wartete. Aber es klingelte nicht, und schon der Versuch, die Pforten meines privaten Himmelreiches zu öffnen, um mich in die weltlichen Gefilde der Arbeitswelt hinabzubegeben, ließ mich kläglich scheitern.

Den Computer konnte ich vom Sofa aus bedienen. Der Tisch war so im Raum platziert, dass das Sofa noch einen freien Platz zum Ausruhen und Beine ausstrecken hatte. Am anderen Ende des Tisches stand der Essstuhl. Für jede Gelegenheit die passende Sitzmöglichkeit, dachte ich.

Als ich dann den Computer benutzen wollte, musste ich jedoch feststellen, dass ich auf dem Sofa nur sitzen oder ein Nickerchen machen konnte. Fand ich völlig unpraktisch und wollte mit meinem neuen Ich diskutieren, dass die Komfortbeschränkung des Sofas in Anbetracht der räumlichen Enge etwas pingelig sei. Mein zweites Ich ließ aber nicht mit sich reden. Es regte sich über den Fehlkauf des Computers auf und war sauer, dass es kein Nickerchen auf dem Sofa machen konnte. Ich fand das jetzt alles etwas übertrieben und meinte, es könne sich ja auch wieder ins Schlafzimmer zurückziehen, wo wesentlich unterhaltsamere Dinge als ein Sofa warten würden. Aber mein zweites Ich blieb beharrlich und bestand darauf, dass etwas unternommen werden müsste, damit das Wohnzimmer seinem Namen gerecht werde.

Ich dachte, man soll seine bessere Hälfte nicht erzürnen. Als so etwas hatte ich mein zweites Ich mittlerweile identifiziert, denn es hatte in unserer Beziehung auf jeden Fall das Sagen. So begab ich mich also bereitwillig in die Hallen des Einkaufstempels und versuchte, den Computer wieder loszuwerden.

Ging auch ganz einfach. Leider gab es dennoch keinen häuslichen Frieden. Einem Nickerchen stand jetzt noch immer der Tisch im Wege. Ich musste mich wieder auf die Socken machen, um die Couch und den Tisch loszuwerden. Bei der Couch ließen sie auch mit sich reden. Beim Tisch gab es aber kein Verständnis, den nahm niemand mehr ab, obwohl er noch wie neu aussah.

„Es geht nicht darum, wie gut der Gegenstand erhalten ist. Es hängt davon ab, wie oft Sie daran gesessen haben", erklärte mir ein Verkäufer hinter vorgehaltener Hand. Woher wussten die, wie oft ich an dem Tisch gesessen hatte? Waren das die ersten Anzeichen der gläsernen Kundschaft, von der jeder Großkonzern träumte? Ich merkte, dass mir das mittelschwer egal war. Mein revolutionäres Potenzial hatte ich wohl in meinem alten Leben zurückgelassen. Lieber wollte ich mal wieder ein bisschen Schach oder Gitarre spielen. Erst musste aber das Wohnzimmer neu eingerichtet werden.

Seit dem Stress mit dem Esstisch hatte mein zweites Ich immer öfter am Kühlschrank gestanden. Eindeutiges Frustfressen, dachte ich und hoffte, dass seine Übellaunigkeit nicht ernsthaftere neurotische Züge annehmen würde. Wortkarg, wie es geworden war, erklärte es mir mit gereiztem Unterton, dass es keine Kochgelegenheit gebe (nicht mal eine Mikrowelle), und fragte, ob ich nicht wenigstens ab und zu lieber eine warme Mahlzeit hätte. Immerhin wäre es November.

Bei seinen Ansprüchen hätte ich meiner zweiten Hälfte durchaus ein makrobiotisches Ernährungsbewusstsein zugetraut, war aber froh, dass ich mich nicht an einen Junk-Food-Esser gewöhnen musste. Ich wollte sie und mich nicht weiter reizen und zog wieder zum Einkaufen los. Wieder einmal konnte ich zufrieden sein. In einem Laden für Küchenmöbel fand ich zum Superschnäppchenpreis eine hypermoderne Kühl- und Kochkombination. Es musste niemand mehr kochen, und trotzdem wurden alle in kürzester Zeit und ernährungswissenschaftlich wertvoll satt.

Ich kannte mein zweites Ich ziemlich gut. Die Freude war groß. Sie währte nur nicht lange, denn um an die kühlende Kochgelegenheit zu gelangen, musste der Esstisch so verrückt werden, dass niemand mehr pinkeln gehen konnte. Anders herum war es genauso dumm, und auch der Sessel, den ich anstelle des Sofas mitgenommen hatte, musste jedes Mal zurechtgerückt werden, wenn ihn jemand benutzen wollte.

Mein zweites Ich begann, an einer nervlichen Überbelastung zu leiden. Ich konnte es wohl nachvollziehen, war selbst völlig genervt von der ständigen Möbelrückerei. Aber ich bemühte mich wenigstens, Ruhe zu bewahren.

Ich besann mich auf die Nachbarschaft, die sich bisher so eifrig um uns gekümmert hatte. Jedoch nicht einmal Willi hatte Zeit oder ein offenes Ohr, dass ich ihm meine missliche Lage hätte erklären können.

Dann muss ich zur Selbsthilfe greifen, dachte ich und wollte den Esstisch als Sperrmüll auf die Straße stellen. Allerdings wurde mein zweites Ich immer spießiger und erklärte mir, dass man so etwas nicht machen dürfe. Das störe die öffentliche Ordnung, und wenn uns jemand auf frischer Tat ertappe, hätten wir mit einem saftigen Bußgeld zu rechnen. „Das wäre wohl nicht die erste Rechnung, die ich begleichen müsste", wollte ich einwerfen, erinnerte mich dann aber, dass das Szenen aus meinem alten Leben waren. Ich konnte nicht mehr mit Klarheit sagen, welches Leben das bessere war.

Zumindest gab es früher kein Ego, das einen Nervenzusammenbruch bekam, weil es auf dem Sofa kein Nickerchen machen konnte. Und jetzt, da ich mit dem Tischerücken nicht mehr hinterherkam, entzweiten wir, ich und mein zweites Ich, uns immer mehr. Dieses andere Ego schwankte zwischen Wutausbrüchen und Ohnmachtsanfällen. Ich dachte jetzt immer öfter darüber nach, wie ich es loswerden konnte.

Nach einigen Überlegungen wurde mir klar, dass ich die Wahl hatte, es zu verlassen oder ihm das Leben zu nehmen. Ich entschied mich für Letzteres. Mal ehrlich; ich glaube, dieses andere Ich hätte sich nicht mehr erholt, und bei jedem weiteren Besuch einen neuen Anfall zu erleben, das kann es ja dann auch nicht sein. Auch wenn eine leise pazifistische Stimme in mir mahnte, dass das jetzt nicht zur Regel werden sollte im Umgang mit Leuten, die mir nicht so liegen. Ich schritt zur Tat.

Zum Glück kam dann Harald, ein guter Freund, vorbei, und mir wurde klar, dass ich noch ein Leben hatte. Mein eigenes. Glück gehabt, hat wohl jemand abgespeichert. Ich bekam wieder ein Bewusstsein dafür, dass ich die ganze Zeit nur gespielt hatte. Die Sims, ein Computerspiel, das sie schwer erziehbaren Jugendlichen als Strafe aufbrummen sollten. Ich als integere Person werde mir solch eine zweite Persönlichkeit jedenfalls nicht noch einmal zulegen denn so eine Vereinnahmung meiner Persönlichkeit bekommt mir schon im realen Leben nicht.

Harald redete beruhigend auf mich ein, und ich stellte mit Erleichterung fest, dass der Wahnsinn nur von diesem anderen Ich Besitz ergriffen hatte. Bei mir schien so weit alles wie immer zu sein, auch wenn ich immer noch oft darüber nachdachte, wie ich diesen Tisch losbekommen könnte. Ich konnte einfach nicht begreifen, dass der im Weg war. Er hatte sich wirklich gut in dem Zimmer gemacht, und ich fragte Harald, ob er den Tisch nicht nehmen könne. Er sah mich merkwürdig unwissend an und ließ sich erklären, welchen Tisch ich meinte.

Erst sagte er eine Weile lang nichts. Dann entschied er, dass ich heute Abend lieber nicht allein bleiben sollte, und nahm mich mit in sein Stammlokal. Dort stellte er mich Peter vor, und dieser versöhnte mich dann wieder mit meinem realen Leben. Wir sehen uns jetzt öfter und haben auch ohne Kaufmodus, aber bei einem Bier festgestellt, dass es sich im Hades der Moderne, ganz gut leben lässt.

Schöner Wohnen

Frederike wohnt in einem der letzten unsanierten Häuser im Friedrichshain. Das Kohlenschleppen im Winter ist ätzend. Aber sie betrachtet den saisonalen Weg vom Keller in die zweite Etage, in der ihre Wohnung liegt, als körperliche Ertüchtigung. Deswegen verzichtet sie in den Wintermonaten auf sportliche Aktivitäten. Nur in einem langen Winter kann es vorkommen, dass sie am Ende auf das Heizen und auch auf die Bewegung ganz verzichtet und den Tag im wärmenden Bett verbringt. Dafür ist die Miete bezahlbar, und im Moment ist Sommer, die winterlichen Anstrengungen sind dem sonnigen Charme ihrer Wohnung gewichen.

Frederike springt die Treppen hinunter, will in den Park, das schöne Wetter genießen. Das kann sie sich leisten, denn sie ist arbeitslos.

Im Hausflur bei den Briefkästen steht Herr Cherek. Ein alter Mann, der direkt unter Frederike wohnt. Er lebt schon über dreißig Jahre in diesem Haus. Seine Wurzeln haben sich fest in den Räumen seiner Wohnung verankert. Im Gegensatz zu den anderen Nachbarn hat er sich noch nie beschwert, wenn Frederike ihre Trommeln im Haus erklingen lässt.

Er hält einen Brief in Händen und liest ihn mit bekümmertem Blick.

„Schlechte Neuigkeiten?", fragt Frederike.

„Allerdings", antwortet Herr Cherek. Zweifelnd sieht er sie an und hält ihr das beschriebene Blatt Papier unter die Nase. Es ist eine Sanierungsankündigung für das Haus.

„Da brauche ich meinen Briefkasten ja gar nicht erst zu öffnen", entfährt es Frederike bestürzt. Die Aussicht auf Luxus hat sich für sie nur allzu oft als Nepp oder als unerschwinglich herausgestellt. Trotzdem will sie ihrem Nachbarn Mut machen.

„Für Sie, Herr Cherek, ist das doch nicht das Schlechteste. Wenn Sie keine Kohlen mehr schleppen, müssen sie auch nicht mehr so oft auf dem Treppenabsatz verschnaufen."

Dort auf dem Treppenabsatz vor Herrn Chereks Wohnung gibt es einen Stuhl und Pflanzen, die zur Rast einladen, denn er ist, wie gesagt, ein alter Mann und nicht mehr gut zu Fuß.

„Du bist ein gutes Kind." Auf Herrn Chereks Gesicht zeigt sich ein väterliches Lächeln. „Letztens war der Vermieter bei mir und hat mir nahe gelegt, ich solle mich um neuen, meinem Alter gerechten Wohnraum kümmern."

„Hat der jetzt seine soziale Ader entdeckt?" In Frederikes Bestürzung mischt sich ungläubiges Erstaunen.

„Nein. Ihn stört mein Stuhl im Treppenhaus. Er meint, ich würde damit das Treppenhaus wie Wohnraum behandeln, ohne dass ich dafür Miete zahle. Außerdem kann er bei meinem alten Mietvertrag die Miete nicht nach seinen Wünschen erhöhen. Da werde ich wohl nicht viel unternehmen können." Mit einem tiefen Seufzer verabschiedet er sich von Frederike.

Sie geht in den nächsten Park, kann die Sonne aber nicht richtig genießen, denn sie muss ständig darüber nachdenken, wie der Rausschmiss des Nachbarn zu verhindern sei. Wer weiß, ob sie nicht Ähnliches erwartet.

Immer noch grübelnd geht Frederike am Abend wieder nach Hause. Auf dem Weg trifft sie Herrn Weber, auch ein Nachbar aus dem Haus. Er wohnt noch nicht lange dort und hat sich auch noch nicht wegen ihrer Musik beschwert. Deswegen grüßt sie ihn freundlich. Da er mit Koffern bepackt ist, passt sie sich seinem Tempo an.

„Guten Tag! Kommen wohl von weit her?"

„Ja, ich war in Lateinamerika."

„Ah, Urlaub? Muss schön sein dort."

„Ja, ist es. Aber ich fahre nicht nur der schönen Landschaft wegen dahin. Ich bin Entomologe."

„Entomologe? Sagt mir nichts. Nach was suchen Sie denn da?"

„Ja, grundsätzlich nach Insekten, aber ich habe mich auf Kakerlaken spezialisiert."

„Kakerlaken." Unwillkürlich muss sich Frederike schütteln. „Würde *ich nicht* in meine Hosentasche stecken."

„Sie sind präpariert, wenn sie in meine Sammlung kommen. Aber hier in Mitteleuropa gibt es sowieso nur vier Kakerlakenarten. Ganz schön arm, die Gegend, wenn man bedenkt, dass es weltweit dreitausendfünfhundert davon gibt."

„Das ist natürlich ein Grund, die Erde zu bereisen. Bei mir reicht das Geld leider nicht mal, um bis zur Ostsee zu kommen." Sie haben das Haus erreicht und gehen die Treppe hinauf, vorbei an Herrn Chereks Stuhl.

„Musst du dir einen Job suchen, wenn du große Sprünge machen willst."

„Ach, ich habe immer Stress mit den Chefs. Ist wohl besser, wenn ich mich auf die Nachbarschaftshilfe bei Herrn Cherek konzentriere."

Sie stehen vor der Wohnungstür und hören den alten Mann fluchen.

„Ich glaube, ich klingel mal", sagt Frederike, „hört sich gar nicht gut an."

Die Tür öffnet sich, und Herr Cherek steht fassungslos vor ihnen.

„Was ist denn los?", fragt sie besorgt.

„Ungeziefer, ich habe Ungeziefer in meiner Küche! Das hatte ich noch nie, weiß gar nicht, wo die Viecher herkommen", keucht er. „Ich putze doch jede Woche gründlich!"

„Lassen Sie doch mal sehen." Herr Weber stellt seine Koffer ab und geht zielsicher in Herrn Chereks Küche.

„Beruhigen Sie sich, Herr Cherek", redet Frederike auf den verzweifelten Mann ein. „Sicher haben sich die Tiere durch den Luftschacht aus der Kneipe unten zu ihnen rauf verirrt." Sie folgen Herrn Weber in die Küche. „Ist schon seltsam, dass die einfach so auftauchen. Ist aber auch ein heißer Sommer dieses Jahr."

„Nichts Ungewöhnliches", sagt Herr Weber, „Nur eine Blattella germanica, die deutsche Küchenschabe. Müssen Sie unbedingt bekämpfen, bekommen Sie sonst nicht wieder los."

„Ja, danke für die Information, Herr Weber." Frederike fällt es schwer, freundlich zu bleiben. „Das hilft uns aber weiter."

Aber Herr Weber bleibt gelassen.

„Tja, ich muss dann los. Wenn du mal Lust hast,

dir meine Sammlung anzusehen, klingle einfach. Guten Tag." Mit diesen Worten verschwindet Herr Weber und lässt Frederike mit dem alten Mann allein. Sie beseitigen die Kakerlakenleichen, und dann verabschiedet auch sie sich.

Ein paar Tage später, die Nachbarn mit Arbeit sind schon länger aus dem Haus, will Frederike Schrippen für das Frühstück holen. Auf dem Treppenabsatz zu Herrn Chereks Wohnung bleibt sie wie angewurzelt stehen. Was gestern noch eine belebte Oase im kahlen Hausflur war, gleicht heute der Wüste eines Kampffeldes. Der Stuhl, der zur Rast einlud, liegt zertrümmert auf dem Boden. Ein Poster hängt in Fetzen von der Wand, und der Topf mit der Pflanze, liegt zerschmettert auf dem Hof. Sie klingelt bei Herrn Cherek, um sich nach seinem Befinden zu erkundigen. Ein um Jahre gealterter Mann, der Mühe hat, Frederike zu erkennen, öffnet ihr die Tür.

„Geht es Ihnen gut? Haben Sie schon die Verwüstung im Hausflur gesehen?"

„Ach, du bist es, Mädchen." Der alte Man hört sich resigniert an, „Ich habe es noch nicht geschafft, die Überreste zu beseitigen. Ich muss mich erst einmal um mein Küchenfenster kümmern. Das wurde mir heute Nacht auch eingeschmissen."

„Haben Sie denn mitbekommen, wer das war? Sie müssen das zur Anzeige bringen."

„Ich weiß nur", erklärt der Alte tonlos, „dass ich die Reparatur des Fensters selber bezahlen muss. Ich glaube auch nicht, dass sich die Polizei für diesen Fall interessieren wird. Wer macht so was bloß?"

Frederike bietet ihm an, mit dem Fensterrahmen zum Glaser zu gehen. Er nimmt das Angebot dankend an. Aber sein Lächeln fehlt, das er ihr sonst, aufmunternd auf den Weg mitgab.

Zurück vom Glaser begegnet sie wieder Herrn Weber. Ihn hat der Alltag schon eingeholt, denn Frederike hat Mühe, mit ihm Schritt zu halten.

„Na, machste dich nützlich?", begrüßt er sie.

Frederike überhört diese Spitze und erzählt ihm, was vorgefallen ist.

„Ich frage mich", sagt sie abschließend, „ob dieser Anschlag nicht mit der Sanierung im Zusammenhang steht."

Herr Weber hat ruhig zugehört und sagt, sie solle ihn später am Abend besuchen. Er wird sich umhören.

Frederike setzt das Fenster bei Herrn Cherek ein und sucht nach Trost spendenden Worten für den alten Mann.

Danach klingelt sie bei Herrn Weber. Er führt sie in ein Zimmer und lässt sie dort allein. Frederike sieht sich um. Obwohl sie nicht besonders ängstlich ist, wird es ihr unheimlich. Sie fühlt sich, als hätte man sie in der Gruft einer lang ausgestorbenen Adelsfamilie zurückgelassen. Das Zimmer ist abgedunkelt, und die Wände sind übersät mit Armeen aufgespießter Insekten. Sie steht gebannt da und wartet darauf, welches der Tierchen sich als Erstes bewegen und aus der Reihe tanzen wird.

Alles bleibt still. Bis Herr Weber mit klappernden Tassen und einer Kanne Tee erscheint und Frederike daran erinnert, weswegen sie eigentlich hier ist.

Er hält einen langen Vortrag über die Rechte der Vermieter und die Pflichten der Mieter. Seine Rede endet, indem er ihr mitteilt, dass die einzige erfolgreiche Möglichkeit, die Sanierung zu stoppen oder wirksam mitzugestalten, eine geschlossene Weigerung der gesamten Mieterschaft des Hauses erfordert.

Frederike wird hellhörig. Eine geeinte Mieterschaft, das hört sich nach Revolutionärem an. Sie springt auf, um die Revolution nicht warten zu lassen. Obwohl es schon anfängt zu dunkeln, geht sie und setzt sich an ihre Trommeln. Wie erwartet dauert es keine zehn Minuten, bis es an ihrer Tür klingelt.

Sie spielt noch ein paar Takte, um auch den geduldigeren Nachzüglern eine Chance zu geben, und öffnet dann erwartungsvoll ihre Wohnungstür. Bis hierhin klappt alles nach Plan.

Aus allen Mietparteien sind aufgebrachte Gesichter vor ihrer Tür zu sehen. Bevor noch jemand sich mit Worten beschweren kann, eröffnet Frederike ihre Rede.

„Ich weiß, Sie sind empört, aber ich habe eine wichtige Mitteilung für Sie alle, die meine scheinbare Rücksichtslosigkeit erklären wird." Sie fängt an, die zu erwartenden Umstände der Sanierung zu erläutern, macht auf die Bedrängungen des Vermieters gegenüber Herrn Cherek aufmerksam, und entflammt durch ihre Rede erklärt sie aus tiefster Überzeugung, dass es in den Händen der gesamten Mieterschaft läge, dem geplanten Wucher und anderen Schikanen Einhalt zu gebieten.

Als Frederike ihre Rede beendet hat, sieht sie gespannt die Nachbarn an. Die Empörung in den Gesichtern ist aber nicht gewichen, sondern hat sich höchstens mit einem ungläubigen Zweifel gemischt.

Langsam werden einzelne Stimmen laut.

„Was geht mich der alte Cherek an?"

„Ich zahle gerne mehr Miete, wenn ich keine Kohlen mehr schleppen muss."

„Zieh doch aus und mach woanders Krach."

Endlich lässt die Empörung ein aufgebrachtes Gemurmel entstehen und treibt die Versammlung wieder auseinander.

Enttäuscht legt sich Frederike in ihr Bett und träumt, sie hätte einen Streit mit dem Vermieter. Die Nachbarschaft umringt sie und feuert den Vermieter an. Da verwandelt sich Frederike in eine Kakerlake und versucht, dem Kreis der brüllenden Riesen zu entfliehen. Gerade sieht sie einen Weg, um zu entkommen, da fällt eine übergroße Schuhsohle auf sie nieder.

Schweißgebadet wacht Frederike auf. Sie fühlt sich schwach und will nicht aufstehen. Als sie später die Post öffnet, weiß sie, dass sie verloren hat.

Die Mitteilung über die zu erwartende Mieterhöhung lässt sie endgültig in die Knie gehen. Um das Doppelte soll sich die Miete erhöhen. Frederike muss nicht erst lang rechnen, um zu erkennen, dass das ihre Finanzierungsmöglichkeiten völlig übersteigt. Mit dem Schreiben in der Hand hat sie das Gefühl, dass sie nur noch gebeugt gehen kann.

Es kann sie auch nicht aufrichten, als Herr Weber ihr erzählt, dass er nach einem nächtlichen Spaziergang auf dem Hof einen Jugendlichen mit Pflastersteinen gestellt hat. Dieser hat zugegeben, auch schon in der vorherigen Nacht auf Fensterscheiben gezielt zu haben, da er dafür von einem Mann bezahlt wurde. Die Beschreibung lässt keinen Zweifel, dass es sich bei dem Auftraggeber um den Vermieter handelt.

So ist Frederike auch nicht erstaunt, als Herr Weber ihr mitteilt, dass der Junge vor einigen Tagen eine Schachtel mit Kakerlaken oberhalb des Lüftungsschachts ausgesetzt hatte. Dieser Zeitraum entspricht ungefähr der Entwicklungsdauer der Kakerlakenlarven, erklärte ihr Herr Weber. Frederike will sich nicht vorstellen, was diese Aussage bedeutet. Mit einer beunruhigenden Vorahnung steigt sie die Stufen zu Herrn Chereks Wohnung empor. Herr Weber folgt ihr.

Die Tür ist nur angelehnt. Vorsichtig, wie nach einem Überfall betreten sie die Wohnung und rufen den Namen des alten Mannes. Niemand antwortet. Nur aus der Küche sind Geräusche zu hören. Frederike öffnet die Küchentür und kann sich vor Schrecken und Ekel nicht bewegen. Ähnlich wie in Herrn Webers Zimmer ist die Küche voller Kakerlaken. Aber jetzt sind sie lebendig, laufen über die Schränke und den Tisch. Überall bilden sie ein unregelmäßiges Muster aus schwarzen Flecken. Mitten in diesem Gewimmel sitzt Herr Cherek auf einem

Stuhl, den Ausdruck des Entsetzens im Gesicht, unfähig, sich zu bewegen. Kleine schwarze Tiere laufen ungehindert auf ihm umher.

Frederike überwindet ihren Ekel und geht zu dem alten Mann, um ihn aus seiner unangenehmen Lage zu befreien. Bei jedem Schritt knirscht und knackt es unter ihren Füßen. Angespannt wartet sie darauf, dass sich die ersten Tiere auf sie stürzen. Sie versucht, den alten Herrn aus seiner starren Position zu befreien. Er erkennt sie nicht und murmelt monoton vor sich hin. „Das ist nicht meine Küche. Ich muss hier weg. Das ist nicht meine Küche."

Behutsam nimmt Frederike ihn am Arm und redet beruhigend auf ihn ein. „Ja, wir gehen weg hier. Gleich werden wir hier weg sein."

Im psychedelischen Weltall

LSD gibt es in seiner natürlichen Form seit Beginn des Ackerbaus. Brot als Droge — bis ins 16. Jahrhundert hinein gab es immer wieder ganze Dörfer, die im Rausch des Mutterkorns ausflippten, aber dabei leider nicht feiern konnten, da sie die Wirkung des Kornparasiten nicht kannten. Zu den Zeiten der Demeter wusste man noch um diesen Effekt. Einmal im Jahr wanderten die Pilger nach Eleusis, um Wein, angesetzt mit Mutterkorn, zu trinken und dabei der Göttin zu huldigen.

Ich lebe heute, bin alleine und habe mir einen Chemietrip eingeworfen, der mich durchs All düsen lässt. Eigentlich sollte man meinen, dass bei so einem LSD-Trip der Weltraum bunt schillert. Aber nichts, alles dunkel. Nur da, nicht allzu weit entfernt: ein heller Punkt. Ich halte Kurs darauf, der helle Fleck wird immer größer. Die Sonne eines unbekannten Universums? Vielleicht sollte ich doch ausweichen. Klirrend zerbirst die Sonne und lässt mich tiefer in die Dunkelheit hinabtauchen. Ich falle zurück in den Pilotensessel meines Raumschiffs. Sterne und Planeten ziehen an mir vorüber, und nur wer genau hinsieht, erkennt, dass mein Raumschiff eigentlich nur ein Staubkorn ist.

Ich muss in einem völlig unbekannten Universum

sein. Der eine Planet winkt mir mit zahllosen Tentakeln zu. Ein anderer zittert wie ein wabbelnder Pudding. Lebende Planeten. Das ist noch besser als die belebten Planeten, nach denen die Menschen so sehnsüchtig suchen, weil sie das Leben auf der Erde immer weniger erhalten können.

Oder ich bin in der Zukunft, und diese Gebilde sind eine Errungenschaft der Universalisierung.

Die kam dann irgendwann nach der Globalisierung. Die Gentechnik, Hand in Hand mit der Weltraumforschung, die Wirtschaftsdiktatur hat es möglich gemacht.

Erst wurden durch Kernschmelze und Kühlmethoden die Sterne für den Menschen attraktiv und bewohnbar. Jetzt wird mit Hilfe von Genmanipulationen der optimale Mensch gezüchtet, optimal angepasst an den jeweiligen Stern, für den er geschaffen wurde.

Die einzelnen Figurensterne lassen die Strukturen von Gesichtern erahnen. Die Visitenkarte der Bewohner. So wie einst in den Vorgärten auf der Erde Gartenzwerge ausgestellt wurden.

Bei Gartenzwergen fühle ich mich immer zur Vorsicht gemahnt, unauffällig an dem dazugehörigen Haus vorbeizukommen. Vielleicht lassen mich die

Sternenbewohner ja in Ruhe, wenn ich unauffällig an ihnen vorbeifliege.

Ein Knistern im Funkgerät, und gleich darauf eine Stimme. „Hallo! Bitte geben Sie Ihre Erkennungsdaten durch!"

„Meine was?"

„Ihre Erkennungsdaten. Sie müssen doch wissen, zu welcher Flotte Ihr Staubkorn gehört!"

„Flotte? Nein, ich gehöre zu keiner Flotte. Bin im Alleinflug unterwegs."

„Das ist aber höchst verdächtig. Bitte fliegen Sie auf schnellstem Wege vorbei! Sonst sehe ich mich gezwungen, sie zu destrukturieren."

„Das ... das ist nicht nötig. Bin gänzlich ohne Auftrag unterwegs. Sie können mir also nicht im Wege sein."

„Das hat nichts zu sagen."

„Ohne Auftrag finde ich gut. Bei mir können Sie Landungsasyl beantragen und auftanken", meldet sich eine andere, sehr hohe Stimme.

„Das war ja klar, dass du mir in den Rücken fallen musst!", beschwert sich die erste Stimme.

„Kannst mir ruhig etwas Ablenkung gönnen. Du weißt genau, wie langweilig mir immer ist."

„Welchen Stern soll ich denn eigentlich anfliegen?", mische ich mich in das Gespräch ein.

„Na, der vorne rechts, neben dem Langarm. Ignorier ihn einfach!"

„Der Stern, der wie ein großer Kussmund aussieht?"

„Ganz genau."

„Gut, bevor daraus ein Schmollmund wird. Ich nehme Kurs auf Kussmund."

„Sehr gut entschieden", höre ich die hohe Stimme über Funk. „Ich destrukturiere nämlich auch nur sehr ungern."

Gut, dann habe ich wohl keine andere Wahl. Hoffentlich ist mein Staubkorn schnell genug. Es ist eben kein Flottenschiff, und man weiß ja nie, wie die Stimmung so einer einsamen Frau schwanken kann.

Auf einmal entsteht Aufregung. „Achtung, Achtung! Warnstufe eins! Alle in die Sicherheitspositionen!"

„Ha, das macht er jetzt, weil *ich* Besuch erwarte. Du in dem Staubkorn, lass dich nicht vom Kurs abbringen, und warte bitte, wenn ich dich nicht gleich bei der Landung empfange!", fiept die hohe Stimme aus dem Funkgerät.

„Achtung, Achtung, Alarmstufe zwei! Alle in die Sicherheitspositionen und die Aufmerksamkeitsfrequenzen aktivieren!"

„Was ist denn los?", meldet sich eine mir noch unbekannte Stimme. „Ich bin gerade beim Essen. Du weißt doch, dass Aufregung nicht gut für meine Verdauung ist." Das kann eigentlich nur die Stimme des Wackelpuddings sein. Aber welche Gefahren uns erwarten, wird auch ihm nicht verraten. Ich halte weiter Kurs auf den Kussmund. Da ertönt wieder der Funk.

„Achtung, Achtung, Alarmstufe drei! Alle in die Staubkornschiffe!"

Die Puddingstimme meldet sich: „Das geht nicht. Bin fertig mit essen, danach passe ich *nie* in den Raumanzug."

„Ich hab dir immer gesagt, du sollst beim Raumanzug 'ne Nummer größer nehmen. Aber nein! Der denkt, er geht damit zur Modenschau! Lass die Verschlüsse offen, vielleicht passt du ja dann rein", empfiehlt die Stimme, die bisher den Alarm ausgerufen hat.

„Nee, Fx1, das machst du jetzt nicht mit mir!", beschwert sich die Stimme des Kussmundes. „ Mich erwartet weit angenehmere Abwechslung. Ich zwänge mich nicht eher in die Staubkornkapsel, bis du mir erklärt hast, was los ist!"

„Du denkst wohl immer, alles dreht sich nur um dich. Die Lage ist ernst. Unsere Sternenkolonie wird von einem Virenbataillon bedroht!", antwortet die zitternde Stimme von Fx1.

„Hach, das ist ja schrecklich! Und ich habe erst gestern meinen Stern geputzt!", fiept die hohe Stimme hörbar betroffen.

„Wenn du nicht sofort in die Kapsel steigst, wirst du überhaupt nicht mehr putzen!" Fx1 hat die bestimmende Tonlage eines Koordinators wiedergefunden. Ich überlege, ob ich mir nicht auch Sorgen machen sollte, allerdings kann ich durch die Frontscheibe meiner Kapsel nichts Aufsehenerregendes entdecken.

„Was soll denn das sein, ein Virenbataillon?", frage ich, halb neugierig, halb besorgt.

„In Weltraumgeschichte wohl nicht aufgepasst?", belehrt mich die Stimme von Fx1. „Das sind Überbleibsel aus den biologischen Weltraumkriegen, die Mitte des Universalisierungszeitalters stattfanden. Damit ist nicht zu spaßen. Die vernichten uns, so schnell kannst du nicht schauen!" Dann wird es ruhig über Funk.

Ich schalte den Antrieb meines Staubkornes auf Standby und warte ab, was passiert. Einige Augenblicke später lösen sich kleine Punkte von den Figurensternen.

„Formiert euch bitte zu einer Reihe!", ertönen wieder Anweisungen über Funk. Ich warte im Hintergrund, aber nach Reihe sieht es nicht aus, was diese Raumschiffkapseln zum Besten geben. Die eine Kapsel fliegt unterhalb der anderen, und eine andere trudelt wie ein Kreisel umher. Im Funkgerät knistert es wieder.

„Fx2, du musst höher fliegen! Wie soll ich sonst die Verbindungsschwingungen aktivieren?"

„Ich sage doch, dass ich gerade gegessen habe. Muss erst noch einen Zusatzenergieschub freisetzen!"

„Und du, Fx3? Heute noch keine Gleichgewichtspillen geschluckt? Wenn du deine Position nicht beibehältst, kann ich nicht andocken."

„Ich muss erst noch meinen Raumanzug glatt ziehen. Ich kann das nicht haben, wenn der Stoff um meine Beine herum Falten schlägt. Man kann ja nicht gerade behaupten, dass die Sitze in diesen Kapseln gemütlich sind", erklärt die Fistelstimme gereizt.

„Für solche Details ist jetzt keine Zeit!", wird hörbar erregt geantwortet. „Im Namen der Sternenkolonie, nehmt endlich eure Positionen ein! Das kann doch nicht so schwer sein! Einen Hirnwäscher werde ich für euch bestellen, wenn wir das hier überleben!"

Fx3 antwortet: „Du hörst dich nervös an, Fx1. Du solltest demnächst mal auf eine Tasse Tee bei mir vorbeischauen! Bei mir kannste jetzt jedenfalls andocken. Habe meine Position in den Navigationsfixierer eingegeben."

„Selbst wenn jetzt Sonntagnachmittag und Zeit für Tee wäre ... Vielleicht schaltest du mal deinen Monitor ein und siehst dir das Virenbataillon an!", überschlägt sich die Stimme von Fx1. Es muss eine Mischung aus Angst und Verzweiflung sein, die ihn antreibt. Mittlerweile reicht aber auch mir ein Blick aus dem Bordfenster, um die Aufregung zu verstehen. Ein Schwarm dunkler, unheilvoller Punkte bewegt sich langsam größer werdend auf uns zu.

„Und was machen wir mit dem **Besucher?**", lässt Fx3 sich wieder hören. „Soll der sofort von dem Schwarm assimiliert werden?"

„Von mir aus kann er zur Ablenkung vorweg fliegen. Vielleicht habe ich dann mit euch noch eine Chance. Aber eine Extraeinladung werde ich sicherlich nicht verteilen!", überschlägt sich die Stimme von Fx1 abermals.

„Hast du gehört Unwissender?", fispelt Fx3. „Du sollst dich einreihen. Ich will dich doch noch kennenlernen!" Damit bin ich wohl wieder gemeint. Ich habe aber keine Gelegenheit zu antworten. Fx1 versucht weiter, seine Crew in Formation zu bringen.

„Fx2, wirst du endlich deine Position einnehmen?"

„Ja, ja. Ich bin ja gleich so weit, musste erst noch den Zünder vom Zusatzantrieb klarmachen."

„Hat dir noch niemand gesagt, dass du deine Staubkornkapsel regelmäßig zu warten hast?"

„Das stand erst für morgen auf dem Plan. Das Leben besteht ja noch aus was anderem als dieser Technik!"

„Ach, mach doch, was du willst!" Fx1 hört sich jetzt resigniert an.

Der Blick zur Frontscheibe hinaus sagt mir, dass es auch für mich angebracht wäre, mich bei den anderen Staubkapseln einzureihen. Allerdings kann ich mir nicht vorstellen, dass unsere Chancen, nicht assimiliert zu werden, dadurch steigen.

„Wozu ist das wichtig, dass wir in einer Reihe fliegen?", frage ich, während ich mich zwischen Fx2 und Fx3 positioniere.

„Bist du ein Urlauber?", fragt Fx3 interessiert. „Diese Viren können linienartige Gebilde nicht ausstehen. Und wenn Fx1 dann endlich mal andockt, werden unsere Raumschiffe nicht nur linienartig verbunden, sie werden auch vom Immunizer bemantelt. Dann haben die Viren keine Ansatzfläche für die Assimilation. Wir funktionieren dann sozusagen wie ein Blutstropfen mit Antikörpern."

„Ein Blutstropfen, dass ich nicht lache! Ein Scheißhaufen seid ihr! An euch müssten die Viren eigentlich sowieso vorbeifliegen wenn sie nur intelligentes Leben vernichten! Ich docke jetzt an."

„Ich entschuldige mich für diese Worte", lässt sich die Fistelstimme wieder hören. „Fx1 braucht dringend Ferien. Aber es wäre schön, wenn er uns jetzt noch sagen könnte, ob wir angreifen oder verteidigen. Ich würde gerne die Laserkanone einstellen."

„Mach doch, was du willst!", ertönt Fx1 heiser. „Ich schalte jetzt jedenfalls den Immunizer ein!"

Ein leises Surren durchzieht plötzlich meine Kapsel. Angesichts der wabernden, dunklen Virenmassen, die auf uns zukommen, lässt es mich hoffen, dass wir nicht nur so stark wie ein Blutstropfen, sondern mindestens so stark wie eine Blutinfusion mit den richtigen Antikörpern sind. Ansonsten haben wir keine Chance.

Aua, was ist denn das? Mich hat etwas gestochen. Sind das die ersten Übergriffe der Weltraumviren, oder gibt es jetzt auch im Weltall Insekten? Moment mal! Weltall, Staubkornkapsel … In meinem Fernsehsessel sitze ich! Die Stehlampe liegt zerbrochen auf dem Fußboden, und die Glotze läuft. Und ich dachte, das wäre mein ganz persönlicher, psychedelischer Drogentrip!

Ein bisschen Frieden

Krach macht mich wach. Zusammen mit dem Dröhnen in meinem Kopf ergibt das Harmonien der Zwölftonmusik. Bin gestern Nacht betrunken und verspätet nach Hause gekommen. Der Lärm aus der Küche verrät, dass es zu spät war. Ich mobilisiere alle mir zur Verfügung stehenden Kräfte und stehe auf. Langsam bewege ich mich in die Küche. Mein „Guten Morgen" hört sich an, als wäre ich der Überbringer einer schlechten Nachricht, die Antwort ist eine Kriegserklärung.

„Na, konnte der Herr sich doch noch erinnern, wo sein Bett steht? Erwarte nur nicht, dass dir jetzt das Frühstück serviert wird", gibt meine Frau in gefährlicher Tonlage einen Warnschuss ab.

Ich weiß: Egal welche Antwort, sie würde den Ausbruch des Krieges bedeuten. Also konzentriere ich mich lieber auf meine Kopfschmerzen, verschweige, dass ich sowieso keinen Bissen runterbekommen würde, und verschwinde im Bad. Nach einer halben Stunde bin ich zumindest optisch wiederhergestellt. Mit einem Lächeln auf den Lippen nähere ich mich meiner Frau und versuche sie daran zu erinnern, dass ich der Mann bin, dem sie aus der Hand fressen kann. Mein Friedensangebot bleibt ohne Erfolg.

Mit kühlem Blick und kalter Schulter reicht sie

mir einen Zettel und sagt, dass ich einkaufen gehen soll. Ich gehorche, immerhin kommt das einem Waffenstillstand gleich. Der Friedenspakt ist also in absehbare Nähe gerückt. Mit diesem optimistischen Gedanken trotte ich los.

Bald schon betrete ich den Konsumtempel des Victoriacenters. Müde schiebe ich mich und den Einkaufswagen vorbei an gefüllten Regalen. Sie sollten Wagen wie beim Autoscooter einführen, mit bunten Bildchen im Cockpit, die man antippt, um zum gewünschten Artikel zu gelangen.

Dann stehe ich vor dem Cerealienregal und schaue abwechselnd auf den Zettel und in das Regal. Nicht einmal ein Vergleichstest würde mir jetzt helfen herauszufinden, welche Marke die richtige ist. Der schon sichtbare Frieden meiner staatlichen Keimzelle scheint bedroht, und ich fange unmerklich an zu zittern, zwei verschiedene Sorten Ersatzmüsli in den Händen haltend. Da ertönt eine sanfte Stimme aus den Lautsprechern der Kaufhalle.

„Wenn Sie Ihre Lieben mit einem besonderen Frühstück verwöhnen möchten, kaufen Sie Rosties. Mit Rosties kommt garantiert jeder drahtig durch den Tag."

Rosties, die halte ich gerade in den Händen. Dankbar für diese Entscheidungshilfe lege ich die Packung in den Korb.

Ich gehe weiter und bleibe vor einem Stand stehen, an dem eine attraktive junge Frau Wein zur Verkostung anbietet. Mit einem aufreizenden Lächeln drückt sie mir einen Becher in die Hand. Bestes Anbaugebiet, beste Sorte. „Sie werden nichts anderes mehr trinken wollen", raunt sie mich verführerisch an. Verstohlen proste ich ihr zu, muss aber schon nach dem ersten Schluck reflexartig das Gesicht verziehen.

„Tschuldigung" wispere ich verlegen, „Ihr Wein ist mir etwas zu sauer."

Das Lächeln der Frau erlischt.

„Für seinen Geschmack kann man ja angeblich nichts. Aber dieser Wein kann gar nicht sauer sein, höchstens trocken. Glauben Sie wirklich, ich würde mich für irgendeinen Schund hergeben?"

Die Frau redet weiter auf mich ein, aber das hübsche Gesicht mutiert plötzlich zur hässlichen Fratze eines Monsters. Entsetzt lasse ich die Person hinter mir und schiebe den Einkaufswagen zur Kasse. War das der Restalkohol, der da wirkte? Und welches Gesicht dieser Person war die Halluzination? Ich wage es nicht, mich umzudrehen, um mich von der Realität zu überzeugen.

Eilig und mit gepackten Taschen verlasse ich den Laden. Von der anderen Straßenseite her lächelt mich schon wieder so eine Schönheit von einem überdimensionalen Plakat an. Das Bild erklärt, nur weil diese Maid genau jenes Toilettenpapier benutzt, kann sie ihres Arsches würdig sein.

Verdammt, Klopapier stand doch auch auf dem Zettel! Wieder fällt mir der lauernde heimische Krieg ein. Aber die Erschütterungen durch das Monster lassen mich weitergehen. Wenn es nachher ernst wird, werde ich kapitulieren.

Ich trotte weiter. Die riesigen Werbeplakate entlang des Weges drängen sich meinem Blick auf und machen mir ein schlechtes Gewissen.

Da ist die durchgestylte Hausfrau, deren Lieblingsessen Tütensuppe ist und die mich vorwurfsvoll fragt, warum ich darauf bestehe, dass mich meine Frau mit ihrer Hausmannskost verwöhnt.

Mein Gott, versuche ich mich zu erklären, ich liebe sie wegen ihrer Kochkünste.

Sofort fällt mir die Lady ins Wort. „Wären Sie beim Essen bescheidener, könnte sich Ihre Frau auch mal ein Designerkleid leisten."

Ich sage ihr, dass meine Frau in Jeans und T-Shirt ziemlich gut aussieht, besonders das rote T-Shirt macht sie richtig sexy — und lasse diese Tussi hinter mir.

Schon steht ein gestriegelter Dandy vor mir, der lässig die Autoschlüssel am Finger hin und her wippen lässt und mich fragt, womit ich denn meiner Frau so imponiere. Ich muss kurz überlegen, ist wirklich ein Scheißtag heute. Normalerweise freut sie sich, wenn ich einkaufen gehe, und den Abwasch erledige ich auch. Das mag sie gerne, wenn sie mir dabei zusehen kann. Mit dieser Antwort zufrieden, will ich weitergehen.

Aber der Dandy stellt sich mir bedrohlich in den Weg. „Du hast doch nicht mal einen Job. Einen Niemand wie dich ziehen Frauen sowieso nur der Einsamkeit vor."

Hätte ich nicht beide Hände voll, würde ich jetzt zuschlagen. So versuche ich mich weiter mit Worten zu wehren.

„Willst du damit sagen, dass meine Frau keinen anderen haben kann? Meine Frau würde höchstens einen Korb bekommen, weil sie zu unbequem ist."

Endlich kann ich diesen Schönling abschütteln und gehe eilig weiter. Mit hysterischem Gekicher ruft der Typ mir hinterher: „Und er glaubt wirklich, dass sie ihn liebt!"

Es wird still hinter mir, und ich überlege, dass ich unbedingt mal wieder mit meiner geliebten Frau etwas unternehmen sollte, sonst rennt sie mir wirklich noch weg. Erst einmal muss eine Rose genügen, die ich im Vorbeigehen vom Parkbeet pflücke.

Weinerlich ist mir zumute, als ich meiner Frau feierlich die Rose überreiche und erkläre, dass ich vielleicht nicht der perfekte Ehemann bin, sie aber trotzdem liebe. Leider hört sie mir nicht zu, sondern beginnt geschäftig, die mitgebrachten Taschen auszuräumen. Ich betrachte derweil die Rose, die, achtlos auf dem Küchentisch vergessen, langsam welke Farbe annimmt und denke über die Verleumdungen auf dem Heimweg nach.

Plötzlich eröffnet sie das Feuer.

„Du hast gar kein Klopapier mitgebracht. Wozu gebe ich dir einen Zettel mit, wenn du ihn nicht liest? Sollen wir uns jetzt wie die Inder den Arsch abwischen?"

„Das ist fast wie einmal in Indien gewesen", versuche ich sie aufzumuntern, muss aber sofort feststellen, dass man im Krieg besser keinen Spaß versteht.

„Zum Einkaufen zu blöde, aber in die weite Welt wollen!", schreit sie mich an und schnappt nach Luft. „Dich schicken sie doch an der ersten Grenze schon wieder nach Hause." Erbost wühlt sie weiter die Taschen leer.

„Was ist denn das?", ruft sie auf einmal entgeistert.

Ich bin mir auch nicht sicher, was es sein soll, aber sie klärt mich sofort auf.

„Rosties! Seid wie vielen Jahren sitzt du mit mir am

Frühstückstisch, und du weißt nicht, welches Bild auf meiner Cerealienpackung steht? Wahrscheinlich weißt du nicht einmal, welche Augenfarbe ich habe."

Ohne zu überlegen antworte ich: „Doch, grün."

Sofort wird mir erklärt, dass ich diesen Krieg nicht gewinnen kann.

„Vielleicht trage ich ja schon länger gefärbte Kontaktlinsen, und du hast es noch nicht einmal bemerkt."

Ich werde sauer. Da die Schrecken des Heimweges noch immer wirken, verkneife ich mir zu sagen, dass sie ihren Scheiß doch alleine machen soll. Mit gespielter Ruhe werfe ich die Rose in den Mülleimer und verlasse die Küche.

Schweigen macht sich in der Wohnung breit, das auch noch anhält, als wir abends den Fernseher einschalten. Jeder sitzt in seinem Sessel, diese so weit wie möglich auseinandergerückt. Weihnachten an der Front ist das wohl, zumindest in einem Krieg, in dem Christen gegeneinander kämpfen. Trotz der unangenehmen Situation versuche ich, es mir in meinem Schützengraben gemütlich zu machen, und konzentriere mich auf das Fernsehprogramm.

Schon wieder Werbung, schon wieder so ein Schönling, der mich fies angrinst.

„Und, glaubst du immer noch, dass sie bei dir bleiben wird?", quatscht er mich aus dem Fernseher an.

Ich antworte lieber nicht, nehme mir aber fest vor, sie morgen zu verwöhnen und mit ihr auszugehen.

„Das ist zu spät", grinst der gelackte Affe aus dem Fernseher.

Ich wüsste nicht, bei welchem Anwalt sie heute Abend noch die Scheidung einreichen könnte, versuche ich mich in Gedanken zu verteidigen.

„Aber ich weiß, was ich heute noch mit deiner Frau anstellen kann.", grinst der Schönling und steht auf einmal in unserem Zimmer.

„Holla, wer bist du denn?", begrüßt ihn meine Frau anerkennend, und mir wird klar, dass ich an der Frontlinie gefallen bin.

„Ich bin der Werbedjin", säuselt er mit einlullender Stimme, „ich bin hier, um dir deine Wünsche zu erfüllen."

„Oho", sagt sie kurz und ohne nachzudenken, „dann solltest du erst einmal meinen Mann rausschmeißen, dann kann ich mich besser auf dich und meine Wünsche konzentrieren. "

Dass sie so naiv und leicht zu haben ist, hätte ich nun nicht gedacht.

„Aber Liebes!", versuche ich an ihren Verstand zu appellieren. „Siehst du nicht, dass er dich nur verarscht? Er ist doch nur ein Scheinbild der Konsumwelt. Wenn du nicht mehr zahlungskräftig bist ..."

Da schiebt mich der Dandy auch schon zur Wohnungstür hinaus.

Benommen gehe ich die dunklen Straßen entlang und überlege, warum ich mich am Vormittag für diese Frau so ins Zeug gelegt habe. Das nächste Mal schlafe ich meinen Rausch aus, dann können solche Missverständnisse gar nicht erst entstehen. Ich beschließe, wieder zu Rosi in die Kneipe zu gehen. Dort hört mir garantiert jemand zu, und ich kann anschreiben lassen.

Das Schlüsselkind

Gleich ist es geschafft. Bepackt mit vollen Einkaufstüten noch die drei Treppen im Hausflur, dann kann das Wochenende beginnen. In welcher Tasche habe ich jetzt bloß den Schlüssel? Jedes Mal passiert mir das. Vor der Wohnungstür fange ich an, den Schlüssel zu suchen.

In den Jackentaschen ist er nicht, auch nicht in der Hose. Dann kann er ja nur in den Einkaufstüten sein.

Ein paar Minuten später ist der Treppenabsatz zugestellt mit Flaschen und Büchsen, Brot und Käse. Wenn jetzt jemand hier vorbei will, muss er sich durch fressen. Der Schlüssel ist nicht zu finden. Ratlos lasse ich mich auf den Stufen nieder und betrachte meinen Einkauf. Der Schlüsseldienst muss her.

Bleibt die Frage, wo mein Handy ist. Ich bin mir sicher, da ist auch der Schlüssel. Wenn mich nicht alles täuscht, liegt das Zeug hinter der Wohnungstür. Besteht also die Möglichkeit, dass ich das Schloss doch alleine auf bekomme. Im Film nehmen sie dafür immer eine Kreditkarte. Die habe ich sogar dabei.

Im Hausflur erschallen Schritte, die hallen recht

weiblich. Es ist die Nachbarin von nebenan, die die Treppe heraufkommt und sich neben mir aufbaut. „Was machen Sie denn hier? Soll das eine pazifistische Protestaktion werden?", fragt sie mich beleidigt, als hätte ich den Hausflur entweiht.

„Ich würde mir ja gerne weiterhelfen, aber mir fehlen leider die Mittel", versuche ich ihr meine Situation zu erklären. „Wenn Sie mir vielleicht ein Handy borgen könnten?"

„Hören Sie mal", fängt die Nachbarin an, mir zu erklären. „Gott weiß, dass ich eine religiöse Frau bin. Aber existenzielle Dinge gebe ich nicht aus der Hand. Da gehört das Handy dazu."

Diese Antwort reicht. Ich befasse mich wieder mit den Zusammenhängen zwischen der Wohnungstür und meiner Kreditkarte und lasse diese Frau links liegen.

„Das sieht ja kriminell aus, was Sie da tun", höre ich ihre Stimme wieder. Es ist, als spräche sie aus einem Hinterhalt.

„Ja, soll ich mich jetzt entschuldigen, weil Sie mir nicht weiterhelfen?" Ich habe Mühe, die Worte in einem ruhigen Tonfall auszusprechen.

„Sie könnten ja auch warten, bis mein Mann kommt. Der kann Ihnen sicher weiterhelfen."

„Wollen Sie jetzt auch noch Ihren Mann in die Kriminalität abgleiten sehen?", antworte ich, ohne mich umzudrehen. Dieses Argument scheint gewirkt zu haben. Sie verschwindet in ihrer Wohnung, und einen Augenblick später höre ich sie telefonieren.

Ich habe den Dreh mit der Kreditkarte nicht raus. Sie biegt sich in dem Türspalt, überwindet aber keine Widerstände.

„Hätten Sie einen Mann, müssten Sie keinen Schlüsseldienst holen", ertönt wieder die Stimme der Nachbarin.

Ich lasse vor Schreck fast die Kreditkarte fallen, und es kostet mich einige Anstrengungen, nicht die Beherrschung zu verlieren. Nur einen kurzen Augenblick drehe ich mich zu ihr um, ein Blick sagt manchmal mehr als tausend Worte. Da ertönt ein Knall im Hausflur, und ich halte auf einmal zwei Teile meiner Kreditkarte in den Händen.

„Wusste gar nicht, dass Plaste so einen Krach machen kann", sage ich verwundert, immer noch die zwei Hälften der Geldkarte betrachtend.

„Der Knall kam von meiner Wohnungstür, die ist ins Schloss gefallen", antwortet mir die Nachbarin mit zittriger Stimme. Sie sieht auf einmal kreidebleich aus, und ich muss mir das Lachen verkneifen.

„Haben Sie sich jetzt auch ausgesperrt? Da haben Sie aber Glück, dass gleich der Schlüsseldienst kommt", versuche ich die Frau zu beruhigen, aber sie lässt sich nicht erheitern.

„Hoffentlich sind die schneller als mein Mann. Sonst hält der mir wieder tagelang vor, dass ich nicht für die einfachsten Dinge zu gebrauchen bin."

Etwas wie Mitleid regt sich in mir. Ich erkläre, dass wir jetzt sowieso nur noch warten können und dass wir uns eine Stärkung verdient hätten. Ich nehme eine der Weinflaschen vom zugestellten Boden und öffne sie mit dem Korkenzieher an meinem Taschenmesser. Wenigstens das habe ich immer bei mir.

„Sie können doch nicht am helllichten Tage Alkohol trinken", kommentiert die Nachbarin entsetzt mein Handeln. „Wenn uns hier jemand sieht, die halten uns für hausierende Obdachlose."

„Das geht ja schnell, dass jemand die Situation verkennt", antworte ich und reiche ihr die Flasche, nachdem ich einen kräftigen Schluck genommen habe. Mit einem unsicheren Lächeln nimmt sie die Flasche und setzt sich zu mir auf den Boden.

„Ich heiße übrigens Lisbeth", sagt sie, als sie mir die Flasche wiedergibt.

„Mich nennt man Gabi", stelle ich mich vor. Ein Schweigen tritt ein, das unangenehm werden will.

Ich unterbreche die Stille, indem ich noch einmal die Flasche ansetze.

Da stellt Lisbeth eine Frage, die sie wahrscheinlich schon immer mal loswerden wollte. „Sagen Sie, Gabi. Finden Sie Ihr gottloses Leben nicht etwas ...?"

„Wieso, geht denn das überhaupt? Ich dachte, Jesus ist immer mit mir?"

„Also wissen Sie, bei Ihrem Lebenswandel. Ständig erscheint ein anderer Mann, und einer geregelten Arbeit gehen Sie ja auch nicht nach. Soweit ich das weiß."

„Mit den Typen, da mache ich mir keine Gedanken mehr. Das kann nur an der hohen Fluktuationsrate dieser Stadt liegen. Aber wenn ich hier keinen Job finde, kann man dazu schon Gottes Wille sagen. Die Politiker jedenfalls behaupten, sie geben ihr Bestes. Sind Sie von diesem Problem nicht betroffen?"

„Ich? Nein, ich bin Hausfrau. Mein Mann sagt, ich habe das nicht nötig, arbeiten zu gehen."

„Da sind Sie aber auch nicht gerade gottesfürchtig. Welcher Konfession gehören Sie denn an?"

„Wir sind evangelisch."

„Und? Nützt das was?"

„Manchmal hilft es, in schlechten Zeiten."

„Wieso? Ich denke, Ihr Mann verdient gut?"

„Ach, wissen Sie. Er hat nicht sehr viel Geduld. Da schlägt er dann auch schon mal."

„Aber dann müssen Sie den doch verlassen."

„Das geht nicht. Genau für diese Situationen ist der Glaube doch da. Glauben Sie denn an gar nichts?"

„Ich? Doch, doch. Ich halte mich da lieber an die Frauen."

„Wie? Sie sind katholisch? Das ist Ihnen überhaupt nicht anzumerken."

„Nein, nein. Ich halte mich an die Frauen aus dem Pantheon."

„Ach, Hera und die Demeter. Ist das so viel anders?"

„Ja, bei denen nicht unbedingt. Aber da gibt es noch die Athene und die Artemis. Und die Aphrodite ist ja auch immer dabei. Die sind bei allem, was sie tun, sehr freiheitsliebend und brauchen ihre Unabhängigkeit."

„Aber Sie müssen doch den Ehrgeiz verspüren, einem Mann zu gehören, zu dem Sie aufblicken können. Wie wollen Sie sonst ein anständiges Leben führen?"

„Das mag sein. Aber Demütigungen und Schläge sind mir ein zu hoher Preis für so ein heiliges Leben. Was sind denn das für Sicherheiten? Sie müssen Ihren Mann anzeigen."

„Oh, er ist schlau. Er schlägt immer nur so, dass ich nicht ins Krankenhaus muss. Vorher greift die Polizei ja doch nicht ein. Das öffentliche Interesse ist nicht geweckt. Außerdem, würde ich ihn jedes Mal anzeigen, wäre das mindestens so aufwändig wie ein Halbzeitjob."

„Dann müssen wir die Göttinnen anrufen. Vielleicht können die ja helfen."

„Ach ja? Wie denn?" Aufgeregt greift Lisbeth zur Flasche.

„Zum Beispiel ist Athene die Göttin des Krieges. Niemand sagt, dass du dich nicht wehren darfst, wenn du angegriffen wirst. Wenn er das nächste Mal anfängt zu brüllen, haust du ihm einfach aufs Maul, bis er nicht mehr piep sagt."

„Ach, das ist eine schöne Vorstellung."

„Wenn du willst, zeige ich dir ein paar Griffe aus der Selbstverteidigung. Und Artemis, Artemis kann dir die Kraft geben, ihn zu verlassen. Du kannst dann alles tun, wovon du schon immer geträumt hast."

„Hunde. Ich wollte schon immer Hunde züchten. Aber mein Mann sagt, die machen zu viel Lärm und Dreck."

„Na, den musste ja dann nicht mehr fragen."

„Ja, nicht mal mehr, was er essen will."

Wieder macht sich im Hausflur ein Schweigen breit. Diesmal wird es durch den Hall von Schritten unterbrochen. Aufgekratzt vom Wein und sichtlich aufgeregt wartet Lisbeth, wer erscheinen wird. „Wir werden noch das Gesprächsthema im ganzen Haus", raunt sie mir zu.

Da steht ihr Mann vor uns und sieht uns an, als wären wir Kühe auf der Weide. „Was machst du denn hier im Hausflur?", fragt er seine Frau mit vorwurfsvollem Blick.

„Die Tür fiel ins Schloss, und ich hatte den Schlüssel nicht dabei", erklärt Lisbeth ihrem Mann ohne große Hoffnung, auf Verständnis zu stoßen.

Sofort geht es los. „So viel Verstand solltest du eigentlich besitzen, dass du ohne Schlüssel nicht die Wohnung verlässt. Nicht mal auf eine offene Tür kann sie aufpassen. Was kannst du denn überhaupt?"

„Beruhige dich doch. Es ist ja nichts passiert", sagt Lisbeth flehentlich und begleitet von einem Schluckauf. „Ich habe dafür unsere Nachbarin kennengelernt. Wir haben sie völlig falsch eingeschätzt."

Jetzt, denke ich. Jetzt steht sie auf und wird sich gegen diesen Vierwändediktator erheben. Genüsslich setze ich die Rotweinflasche an und lehne mich zurück, um von dem erwarteten Schauspiel nichts zu verpassen.

Der Mann scheint seiner Frau aber nicht zugehört zu haben. Er wird immer lauter und, wie ich finde, völlig unsachlich. „Habe ich dir nicht gesagt, dass du dich von dieser Frau fernhalten sollst? Die ist kein Umgang für dich. Du machst uns noch zum Gespött der ganzen Straße."

„Ich bin allein stehend und kein Straßengesindel", werfe ich ein und überlege, ob dieser Mann wirklich die öffentliche Meinung repräsentiert.

„Allein stehend", brüllt es jetzt in meine Richtung. „Sie sind völlig asozial und, wie es aussieht, auch noch versoffen. Am frühen Nachmittag schon Alkohol. Haben Sie meine Frau etwa auch dazu verleitet?"

„Ich habe nur mal genippt", erklärt Lisbeth, wieder begleitet von einem leisen Schluckauf.

„Du kommst jetzt sofort mit in die Wohnung. Wenn dich hier jemand sieht!" Mit diesen Worten schließt er energisch die Wohnungstür auf und zerrt mit einem unachtsamen Griff seine Frau über die Schwelle der Tür. Wieder ein lautes Krachen, als die Tür ins Schloss fällt.

Ich sitze auf dem Flur und bin enttäuscht über den ausgebliebenen Aufstand. Sollte mich wohl lieber um meine eigenen Sachen kümmern. Erst einmal leere ich die Rotweinflasche. Da, wieder Schritte im Hausflur. Diesmal ist es der Mann vom Schlüsseldienst. Im Blaumann und mit frechem Grinsen sieht er sich das Schloss an und fragt mich, wo ich denn meinen Kopf gelassen hätte. Eine Antwort spare ich mir, es ist ja der Schlüssel, der fehlt. Nehme aber die Rechnung entgegen, als ich nach wenigen Handgriffen des Mannes wieder in der Wohnung stehe. Teurer Einkauf dieses Wochenende.

Kleider machen Leute

Eine neue Zeit brach an, die Veränderungen verlangte. Der Millenniumswechsel war in das Bewusstsein der Menschen gerückt, und eine gewisse Hysterie griff um sich. Jeder wollte schnell noch eine Karriere starten oder sonst wie an Geld kommen. Im endgültigsten Fall wurde der Weltuntergang prophezeit. Unverständlich für Ute, wieso man sich da jetzt noch mit weltlichen Dingen absichern musste.

Bisher war Ute in ihrer wadenlangen Bundeswehrhose und einem gebatikten Sweatshirt glücklich gewesen. Aber der Innensenator Schönbohm hatte die letzten besetzten Häuser im Kiez räumen lassen. Der Friedrichshain war nicht mehr nur unter so genannten arbeitsunwilligen Autonomen und arbeitslosem Proletariat aufgeteilt, und sie bemerkte, dass sie immer mehr ins Abseits rückte. Sie musste etwas unternehmen, wollte sie nicht einsam in das nächste Jahrtausend hinübertanzen.

Dass dieser Umstand ihrer Kleidung zuzuschreiben war, wurde ihr erst bewusst, als sie bei einem Bewerbungsgespräch vom Personalchef angesprochen wurde. Er bemerkte, dass sie vielleicht sonntags mal in die Kirche gehen sollte, um sich anzuschauen, wie eine ansprechende Garderobe aussah.

Morgen hatte sie wieder ein Bewerbungsgespräch, und die Tageszeitung, in der sie ohne zu lesen blätterte, konnte ihr zu ihrem Problem nichts Erhellendes mitteilen. Vielleicht sollte sie bei ihrer Hausärztin vorbeigehen. Dort lagen im Wartezimmer stets allerlei Illustrierte aus, die über den neuesten Schick und den letzten Schrei informierten.

Langsam schlenderte sie los. Ein neu eröffneter Laden zog Utes Aufmerksamkeit auf sich. Alles ließ auf eine Second-Hand-Boutique schließen, die Verkaufsfläche war klein und übersichtlich, und die Kleiderständer waren mit Einzelstücken behängt.

Ein Designergeschäft, wurde Ute von der Verkäuferin aufgeklärt. Die Sachen wurden von Hand genäht, in der Nähstube des Ladens.

Dem entsprachen die Preise und die Bitte der Verkäuferin, nicht jedes Kleidungsstück anzufassen. Ute zweifelte im Stillen, ob sich so ein Laden in dieser Gegend würde halten können. Der Zweifel war unbegründet. Schon wenige Jahre später sollte es in der Stadt sechstausend Läden dieser Art geben.

Sie ließ die angebotenen Modelle auf sich wirken, blieb aber völlig unbewegt. Keine Inspiration für den benötigten Imagewechsel konnte sie erreichen.

Mit einem energischen Rücken des Vorhanges trat eine junge Frau aus der Umkleidekabine, die sich kritisch im Spiegel betrachtete. Laut fragte sie in den Raum hinein:

„Ist der Rock nicht etwas zu lang?"

Da außer Ute niemand im Laden war, fühlte sie sich angehalten zu antworten.

„Kommt darauf an, wo du damit hinwillst."

Für einen kurzen Moment wurde Ute von einem noch kritischeren Blick taxiert, dann war die Frau wieder mit ihrem Spiegelbild beschäftigt und antwortete selbstbewusst:

„Es kommt darauf an, was du erreichen willst."

„So könnte man das auch sehen", sagte Ute und fügte mehr zu sich selbst hinzu: „Obwohl ich dann wohl öfter nackt rumlaufen müsste."

„Aber du musst doch etwas aus dir machen wollen!" Mit diesen Worten kam die Frau auf Ute zu und stellte sich als Cordula vor.

„Sonst hättest du diesen Laden nicht betreten."

„Mir fehlt einfach die passende Eingebung. Diese Klamotten verlangen nach einer Weiblichkeit, mit der ich nichts anfangen kann."

„Ach, da wächst du rein", beruhigte Cordula sie, als wären sie schon lange gute Freundinnen. Zielsicher nahm sie ein paar Sachen von den Kleiderständern und drückte sie Ute in die Hand. Mit einem Seufzer verschwand diese in der Umkleidekabine und wurde wenig später zufrieden von Cordula betrachtet.

Nur der Spiegel verriet Ute, dass sie verkleidet war für den Karneval der Eitelkeiten. Fasching hatte sie noch nie lustig gefunden.

„Na, geht doch", kommentierte Cordula die Veränderungen anerkennend. „Jetzt noch ein paar passende Schuhe, und man kann sich mit dir sehen lassen."

„Dann habe ich nur kein Geld mehr, um mich sehen zu lassen", stellte Ute protestierend fest, nachdem sie die neuen Kleider bezahlt hatte. Einen ganzen Monatsetat hatte sie auf den Tisch legen müssen.

„Dann hast du ja Glück, dass du so schicke Klamotten anhast." Cordula hatte wohl nicht richtig zugehört, da sie mit der Wahl für die passende Lokalität am Abend beschäftigt war.

Zu gegebener Stunde standen sie vor den Toren einer modernen Großraumdiskothek. Nicht ohne Erstaunen sah Ute zu, wie Cordula sich und sie in den Laden hineinredete. Mit überlegten Worten und einem gewinnenden Lachen überzeugte sie ein paar Männer mit Anzug und Krawatte davon, dass es für alle Beteiligten von Vorteil wäre, sie in den Club einzulassen.

„Vielleicht sehen wir die heute noch mal", trällerte Cordula in Hochstimmung, nachdem sie den Einlass passiert und leichtfüßig die Treppen zur Veranstaltungsetage erklommen hatten.

Ute versuchte mit Mühe zu folgen. Ihre neuen Schuhe hatten Absätze, die jeden ihrer Schritte verrieten. Ungeübt, mit solchen Stelzen voranzukommen, knickte regelmäßig einer ihrer Füße um.

Der Discosaal lag in einem verlassenen Halbdunkel. Nur die bunten Flecken der Lichtanlage tanzten. Ein paar Leute saßen übersichtlich verteilt und warteten geduldig darauf, dass der Abend eine schwungvolle Wendung nehmen würde.

Cordula ließ Ute an der Eingangstür stehen und wandte sich freudig einem Bekannten an der Bar zu.

Ihre müden Füße ließen Ute an einem Tisch im Eingangsbereich Platz nehmen, an dem ein junger Mann in unauffälligen Jeans und T-Shirt saß. Sie hatte bemerkt, dass er ohne ein Getränk da saß. Um sich nicht ganz verloren vorzukommen, fragte sie:

„Ist dir die Cola hier auch zu teuer?"

„Ja, bei mir reichte es mal wieder nur für den Einlass."

Bei dieser Antwort lächelte der Mann, als hätte ihm der Geldmangel die Erleuchtung beschert.

„Du musst ja jede Menge Humor haben, wenn dich

das lächeln lässt", bemerkte Ute und überlegte, ob sie mal in einer Gegend mit südländischem Flair Urlaub machen sollte. Vielleicht würde sie dann auch etwas von diesem Hauch der Leichtigkeit einatmen.

„Nein, ich habe Pläne", hörte sie den Typen mit gelassenem Tonfall antworten.

Ute vergaß ihre Urlaubsträume und fragte nach, um festzustellen, ob ihr Gegenüber vom Ehrgeiz der Millenniumhysterie getrieben wurde oder ob es ein solides Konzept war, das ihm diese Selbstsicherheit verlieh.

Ein Banküberfall war das Vorhaben, das die Sicherheiten versprach. Ute war enttäuscht. Dieser Junge musste mehr Schwierigkeiten haben, als sie sich denken konnte. Jedenfalls fiel ihr diese Geldbeschaffungsmethode immer nur dann ein, wenn sie blank und der Monatsanfang mit seinem Geldsegen noch fern war.

Mit vorwurfsvollem Blick sah sie ihn an.

„Und eigentlich bist du nur hier, um von hier aus den Tunnel zur nächsten Bank zu buddeln." Sie konnte es nicht ausstehen, wenn man sie nicht ernst nahm.

„Nee, den Überfall mache ich von zu Hause aus", bekam sie mit ruhiger Stimme erklärt. Dann holte der Typ zum Angriff aus.

„Was machst du denn so, um dich zu finanzieren?"
Verärgert beschloss Ute, bei der Wahrheit zu bleiben.

„Ich habe morgen ein Vorstellungsgespräch für einen Job. Etwas Anständiges", setzte sie aufgewühlt hinzu.

„Da bist du ja!" Mit diesen Worten wurde das Gespräch unterbrochen. Es war Cordula mit einem Drink in der Hand. Ohne Utes Gesprächspartner Beachtung zu schenken, zog Cordula ihre neue Freundin vom Tisch weg und führte sie siegesgewiss durch den Saal. Auf dem Weg zur Bar erklärte Cordula, dass Ute mit so einem Typen sowieso nur ihre Zeit verschwende. Obwohl es nicht ihre Art war, Menschen nach dem Äußeren zu beurteilen, stimmte Ute ihr schweigend zu und ließ sich schnell überzeugen, dass es eine angebrachte Alternative war, sich um die Männer zu kümmern, die ihnen den Einlass ermöglicht hatten.

In dem Club wurde es immer voller, lauter und unübersichtlicher. Trotzdem wusste Cordula ohne zu suchen, wo sich die anvisierten Männer platziert hatten. Auf dem Weg dorthin fragte sie Ute nach dem anstehenden Bewerbungsgespräch.

„Für welchen Job bewirbst du dich denn? Hast mir überhaupt nicht erzählt, dass du Karriere machen willst."

„Och, nichts Besonderes. Ich bewerbe mich in einem Grafikladen."

Unvermittelt blieb Cordula auf halbem Wege stehen.

„Was? Du bewirbst dich um einen Job und sagst, es wäre nichts Besonderes?"

„Ja", gab Ute zu verstehen.

„Für die angesagten Läden fehlen mir die Beziehungen."

„Aber Kind", aufgeregt nahm Cordula einen Schluck aus ihrem Glas, „wo willst du bleiben, wenn der Laden die Türe schließt?"

„So schlecht kann die Auftragslage nicht sein", überlegte Ute. „Sonst würden sie doch niemanden einstellen."

Cordula sah sie fassungslos an. „Ich meinte ja auch eher, was du in deiner Freizeit tun willst. Wer soll sich um dein Privatleben kümmern? Dafür bleibt dann keine Zeit mehr. Den Feierabend brauchst du ja schließlich für deine Erholung. Einsam wirst du vor dem Fernseher sitzen und hoffen, dass dich deine Kräfte nicht ganz verlassen."

„Aber das wäre in einem renommierten Betrieb auch nicht anders", gab Ute zu bedenken.

Cordula sah Ute an, als wäre diese nicht fähig, zwei und zwei zusammenzuzählen.

„Ich weiß ja nicht, warum du arbeiten gehst. Aber wenn du vorankommen willst, musst du schon dort hingehen, wo die Leute sitzen, die einen weiterbringen können."

„Aber was hat das mit meinem Privatleben zu tun?" Ute kam sich vor, als könne sie wirklich nicht zwei und zwei zusammenzählen.

„Ja, denkst du, du kommst weiter, wenn du nur gute Arbeit lieferst? Ich weiß nicht, wie es beim verarmenden Proletariat ist. Aber ein Chef, der angesagt ist, lebt mit Sicherheit nicht nur vom Brot allein."

„Du meinst, ich soll mich bei der Arbeit ganzheitlicher betrachten und mehr mein sexuelles Wesen ins Spiel bringen?" Ute wollte nicht glauben, was sie sich sagen hörte. Sie hasste es, sich auf die Sexualität reduziert zu sehen. Da war sie ganz Emanze.

Prompt kam Cordulas Antwort.

„Ja, sicherlich. Oder denkst du, du lässt deinen Sexus zu Hause, wenn du morgens zur Arbeit gehst?"

„Jetzt sag mir bloß, mein Ziel soll sein, die Kaffeeecke im Büro zur Kochnische umzufunktionieren, damit ich dem Chef auch mit garantiert frischen Zutaten Appetit machen kann!"

„Nein. Wenn du dich besonders klug anstellst, lässt du dich vom Chef schwängern. Ein Kindsvater, der

Geld hat. Egal, ob der dich ehelicht oder nicht. Dann hast du ausgesorgt. Eine bessere Geldanlage als ein Kind von einem Mann in Position kannst du gar nicht haben."

Ute fühlte sich auf einmal sehr unwohl in ihrer Kleidung und hoffte nur, damit niemanden auf die Idee zu bringen, dass sie dringend ein Kind am Rockzipfel bräuchte.

Um vom Thema abzulenken, erinnerte sie Cordula an die Gönner am Einlass. Zielstrebig ging Cordula wieder mit Ute los, und sie ließen sich mit einer berauschten Überschwänglichkeit begrüßen.

„Hallo, ihr zwei Hasen! Na, wollt ihr euch doch noch amüsieren?"

„Ja, Jungs! Ohne euch wäre der Laden echt öde", bezirzte Cordula die Männer mit einem aufgekratzten Lachen und ließ sich in der Runde feiern. Abschätzig stand Ute daneben. Nach dieser Begrüßung konnten diese Männer nicht bei ihr gewinnen. Da war sie pingelig. Und sie sehnte sich nach ihrer Bundeswehrhose und dem Batikshirt. In diesem Outfit wurde sie nie so dumm angemacht.

„Na, und du?", wurde sie von einem der Männer aus ihren Gedanken gerissen. „Lust auf eine heiße Nacht mit einem Mann von Format?"

„Spielst du jetzt auf deine Leibesfülle an?" Ungerührt betrachtete Ute den Bauchumfang des Typen.

„Hey, der Bauch ist Zeichen meines Wohlstandes."

„Übergewicht ist eine anerkannte Volkskrankheit. Was willst du da von Wohlstand reden?"

„Sie will es einfach nicht glauben, was für einen tollen Fang sie mit mir macht. Dabei verrät deine Kleidung doch, dass du Geschmack hast. Komm, Mädchen, ich spendier dir einen Drink!", protzte der Typ großzügig und rief die Kellnerin heran.

Während sie auf den Drink wartete, profilierte sich der Gönner, als hätte er gerade in diesem Augenblick den Wert seines beruflichen Daseins erkannt. Gelangweilt hörte Ute ihm zu. In einer Atempause, in der die Kellnerin das bestellte Getränk am Tisch abstellte, fragte Ute nach seinem Namen. Er stellte sich als Karl-Heinz vor.

„Okay, Karl-Heinz", übernahm Ute das Wort, nachdem sie einen kräftigen Schluck zu sich genommen hatte. „Es mag ja sein, dass du überaus erfolgreich bist. Aber du langweilst mich mit deiner Erfolgssträhne."

„Aber der Drink schmeckt dir", antwortete Karl-Heinz beleidigt.

„Es geht so. Er wäre wohl schmackhafter, würde er deinen finanziellen Ruin bedeuten."

„Du könntest ruhig ein bisschen netter sein! Siehst so gut aus mit deinem Rock und bist so bissig."

„Ist ja meistens so, dass der Schein trügt", gab Ute zu bedenken und schlürfte ihren Drink.

„Du springst wohl auch erst an, wenn man dir ein Auto zur Verfügung stellt", mischte sich der andere Typ ein, mit dem Cordula bisher geflirtet hatte.

Ute war jetzt in Fahrt, sie wusste auf einmal wieder, was sie alles nicht wollte.

„Muss ja traurig sein mit euch, wenn erst solche Verpflichtungen es angenehm werden lassen."

Einen Moment lang war nur das Dröhnen der Discomusik zu hören. Dann redeten alle drei gleichzeitig auf Ute ein.

„Du weißt doch überhaupt nicht, was gut ist!" „Was willst du denn für eine Hure sein?"

„Sei froh, dass das hier ein öffentlicher Laden ist, sonst wärst du jetzt draußen."

„Ute, ich bin enttäuscht", sagte Cordula. „Den ganzen Tag habe ich mir mit dir Mühe gegeben, damit wir etwas Spaß haben können. Und jetzt bist du der absolute Partykiller."

Ute versuchte erst gar nicht, sich zu erklären.

„Ich muss dann los. Habe morgen ein wichtiges Bewerbungsgespräch", antwortete sie und verschwand ohne ein weiteres Wort.

Langsam lief sie über die Warschauer Brücke und bog dann in die Kopernikusstraße ein.

Eine Horde Jungs mit kurzen Haaren und schweren Jacken kam ihr entgegen. Als sie nahe genug heran waren, erkannte sie das Gesicht eines Kneipenkumpans aus vergangenen Tagen. Freudig wollte sie ihn begrüßen, aber da hatte der Pulk Männer sie schon umringt und fing an, sie zu attackieren.

„Mensch, Ede! Erkennst du mich nicht?", rief sie voller Überraschung, nachdem sie den ersten Schlag abbekommen hatte. Sie hörte noch eine Antwort, so viel wie: „Jemanden mit solchen Klamotten kenne ich nicht!" Dann verlor sie das Bewusstsein.

Als sie ihre Sinne wiederfand, lag sie in einem Einzelbettzimmer des Krankenhauses.

Während Ute im Krankenzimmer auf ihre Genesung wartete, wurde im Radio von einem virtuellen Banküberfall berichtet. Der Dieb hatte via Internet mehrere Banken um Hunderttausende D-Mark betrogen. „Fleißig, fleißig", bemerkte Ute und dachte an den Jungen aus der Disco in Jeans und T-Shirt. Sie kannte nicht einmal seinen Namen, war jetzt aber fest davon überzeugt, dass sie mit ihm einen weit erfreulicheren Abend gehabt hätte.

Als sie sich wieder entscheidungsfähig fühlte und das Krankenbett verlassen durfte, beschloss sie, in Zukunft ihre Klamotten aus der Kleiderkammer zu besorgen. Damit war sie zwar nur eine von Millionen, lief aber auch nicht Gefahr, dass ihre Weiblichkeit männliche Phantasien überforderte.

Später hatte die Menschheit sich dann in das neue Millennium hinübergerettet. Wer jetzt noch keinen Job hatte, fand sich damit ab, dass er zur neu ausgerufenen Unterschicht des Prekariats gehörte. Ute traf noch einmal auf Cordula, diesmal mit Kind. Als sie sich nach dem Vater des Kindes erkundigte, schwieg Cordula etwas betreten, erzählte ihr dann aber, dass sie alle in Frage kommenden Männer zum Vaterschaftstest herangezogen hätte. Die Tests fielen allerdings negativ aus, und Cordula konnte niemanden zur väterlichen Rechenschaft ziehen.

Am laufenden Band

„Macht er seine Arbeit nicht ordentlich?"

Kai weiß nicht, was es an seiner Arbeit auszusetzen gibt. Oder amüsiert sich diese Frau über ihn? Dass er gemeint ist, weiß er genau. Er hat ein eher unscheinbares Aussehen, wird im Trubel der Stadt kaum beachtet. Hier an der Supermarktkasse aber sieht ihn jeder, hier haben sie Zeit, ihm ins Gesicht zu sehen. Eigentlich sehen sie ihm aber nur auf die Finger.

Die Frau, die ihn spöttisch kommentierte, hat er noch nie hier gesehen. Jetzt ist sie an der Reihe. Betont langsam zieht Kai die Waren, die sie auf das Laufband gelegt hat, über den Scanner. Hofft, dass sie sich aufregt, weil es so lange dauert.

Sie bemerkt es aber überhaupt nicht. Für sie könnte dieser Moment ewig dauern. Neben ihr steht ein Mann, der endlich einmal alle Kriterien erfüllt, die die Werbung und ihre Träume versprechen. Er sieht gut aus, hat ein gesichertes Einkommen und interessiert sich für Kunst und Kultur. Dennoch ist er nicht verheiratet. Nicht mehr. Ob er einen Kinderwunsch hat, weiß sie nicht. Noch nicht. Sie steht erst seit kurzem neben ihm, will nichts überstürzen. Deswegen hat sie es sich zur Aufgabe gemacht, in ihm zu lesen, als wäre er ein Buch. Es muss die

Bibel sein, so vollkommen erscheint er ihr. Er will eine gute Frau. An seiner Seite, das spürt sie, wird sie besser sein als jemals zuvor.

Es war das Wohlwollen einer gesicherten Existenz, das aus ihr sprach, als sie den Kassierer laut beobachtete. Es ist Mitleid, als sie drei Cent vom Wechselgeld liegen lässt. Am liebsten würde sie dem Mann an der Kasse zuraunen, er müsse jetzt nicht denken, dass sie ihn liebt. Wann verschenkt man sonst sein Geld? So weit kennt sie den Mann an ihrer Seite aber schon, um zu wissen, dass er solche Scherze nicht mag. Er ist sehr vorsichtig und zieht es vor, mit seinem Wohlstand nicht zu protzen.

Kai lässt die drei Cent liegen, beeilt sich aber, die Artikel der nächsten Kundin so schnell wie möglich zu registrieren. Und wirklich, die dumme Kuh, wie Kai die Frau im Stillen nennt, verliert die Übersicht und packt auch etwas von der nächsten Kundin ein. Freundlich macht diese auf das Versehen aufmerksam. Irritiert packt die dumme Kuh ihre Einkaufstüte wieder aus und schaut unsicher zu ihrem Mann.

Dass die Leute immer so freundlich sind, denkt Kai. Wenigstens einen strengen Blick hätte er der dummen Kuh gegönnt. Diese verschwindet mit ihrem Mann, der nur aus Mitleid mit der Frau zusammen sein kann, dessen ist sich Kai sicher.

Der restliche Tag verläuft für Kai ohne weitere Ereignisse. Unscheinbar registriert er die Ware, die auf dem Band an der Kasse liegt, und hat die dumme Kuh mit ihrer Bemerkung bald vergessen.

Tage und Wochen vergehen. Dann steht die dumme Kuh wieder an Kais Kasse. Diesmal ohne Mann, dennoch erkennt er sie sofort. Gedankenverloren steht sie in der Reihe, scheint ihn kaum wahrzunehmen. Was Kai nicht weiß: Die Frau ist immer noch an der Seite des Mannes. Der Mann fürs Leben.

Was für ein Leben soll das sein, überlegt sie jetzt. Die Routine hat die Beziehung eingeholt. Er sagt ihr nicht mehr, dass sie gut aussieht. Erwähnt nicht, dass sie klug sei. Den größten Teil der Zeit verbringt sie damit, auf ihn zu warten. Sind es wirklich Überstunden, wenn er sich am Abend verspätet? Wenigstens muss ich nicht an der Kasse sitzen, denkt sie, als sie bei Kai an der Reihe ist. Mit kritischem Blick verfolgt sie seine Bewegungen. Der Kassierer scheint gut gelaunt zu sein. Vielleicht freut er sich ja, sie zu sehen, überlegt sie und bemüht sich, Wohlwollen gegenüber anderen Menschen walten zu lassen, ganz wie ihr Mann es sich wünschte.

„Haben Sie auch alles bekommen?", hört sie Kai sagen.

Er muss es gut mit ihr meinen, wieso sonst würde

er sich für ihr Wohlergehen interessieren?

„Ich denke schon", antwortet sie ihm dankbar lächelnd.

„Wenn nicht, könnte ich Ihnen auch ein paar Empfehlungen aussprechen." Kai ist heute wirklich gut gelaunt. Mit einem breiten Grinsen sieht er sich mit der dummen Kuh durch die Reihen der Regale gehen. Die Ladenhüter würde er ihr in den Einkaufskorb packen. Das war sicher.

Sie bemüht sich, freundlich zu bleiben. Dass ein Kassierer, dazu noch in einem Supermarkt, wissen will, was gut für sie ist, das kann nun wirklich nicht sein.

„Empfehlungen von Ihnen sind nicht nötig", klärt sie ihn auf. „Wenn Sie meine Artikel genauer ansehen, werden Sie feststellen, dass ich nur das Beste aus Ihrem Laden mit nehme."

Kai muss nicht erst hinsehen.

„Teuer muss nicht immer gut sein", antwortet er kurz und gibt der dummen Kuh, ohne einen weiteren Blick ihr Wechselgeld.

Wieso der gleich beleidigt ist, wunderte sich die Frau und überlegt, dass ihr Mann beim Einkauf mit dabei sein sollte. Wie sonst sollte der Kassierer erkennen, dass sie ein Leben führt, das Qualität als Maxime pflegt?

Es dauerte nicht lange, bis die dumme Kuh wieder an Kais Laufband steht.

Sie hat sich extra an seiner Kasse angestellt, hat es ihm verziehen, dass er ihr das Leben erklären wollte. Sicher hatte er es gut gemeint. Ihr Mann kann den Standard, den er verspricht, nicht mehr halten. Das weiß sie jetzt. Ein einziges Einerlei, denkt sie, wenn sie sich abends mit ihm vor dem Fernseher sitzen sieht. Das Einzige, was von gehobener Qualität spricht, ist die Einrichtung der Wohnung. Sie führt ihm den Haushalt, mehr schlecht als recht, wie er sie immer wieder spüren lässt. Immer öfter hat sie den Eindruck, dass er sie ohne den Mund zu öffnen fragt, wann sie endlich gehen wird.

Sie weiß nicht, wohin sie gehen soll. Zurück erscheint unmöglich. Sie will niemandem vermitteln, dass sie dem Mann an ihrer Seite nicht gewachsen ist. Deshalb zieht sie es vor, mit niemandem über ihre Beziehung zu reden.

Sie ist aber noch nicht ganz allein. Der Mann an der Kasse wartet auf sie. Geduldig arbeitet er die Kundschaft ab, die vor ihr an der Reihe ist. Da, er hat in ihre Richtung gesehen. Gespannt rückt sie ihm Kunde um Kunde näher. Gleich ist sie an der Reihe.

„Wie schön, dass Sie auch mal wieder hier sitzen", begrüßt sie Kai und holt aus ihrer Tasche eine Tafel

Schokolade hervor. *Edel & Bitter* liest Kai auf dem Etikett, während er die Ware über das Band zieht.

„Ich habe nachgedacht. Ich will auf Ihr Angebot doch eingehen."

Kai hört auf, die einzelnen Artikel über den Scanner zu ziehen.

„Was soll ich Ihnen angeboten haben?", fragt er erstaunt.

„Erinnern Sie sich nicht mehr? Sie wollten mir doch Ihr Warensortiment vorstellen."

Kai fällt wieder ein, dass er sich zu einem außergewöhnlichen Angebot hatte hinreißen lassen. Der Supermarkt ist nicht allzu voll, deswegen lässt er sich auf ein Gespräch mit der dummen Kuh ein.

„Ich würde ja gerne, fällt heute aber nicht in meinen Aufgabenbereich. Sie müssen verstehen, mein Chef."

„Aber ansonsten wären Sie interessiert?", fragt die Frau mit schwelender Hoffnung.

„Interessiert, woran?"

„Nun, Sie wollten mir die Welt in ihren Regalen zeigen. Und ich könnte Ihnen sicherlich auch noch etwas von der großen weiten Welt vermitteln, wenn auch nicht gerade in diesem Geschäft."

Mit einem aufreizenden Lächeln überreicht sie ihm die Tafel Schokolade.

„Tut mir leid. Kann ich auf keinen Fall annehmen", erklärt Kai und bemerkt, dass seine gute Laune wieder kommt.

„Aber wie wollen Sie mich sonst kennen lernen?", fragt die Frau ihn traurig.

„Ich will Sie nicht enttäuschen, gute Frau. *Sie* wollen *mich* kennen lernen. Und sicher sind Sie nicht gerade unattraktiv."

In ihr jubelt es bei diesen Worten. Wenn er sie attraktiv findet, ziert er sich nur, weil die andere Kundschaft hinter ihr wartet.

„Aber ich habe eine Freundin, die ich mag", hallen seine Worte weiter in ihren Ohren, ohne dass ihre Botschaft sie noch erreichen würde.

„Ich verstehe. Wann kann ich Sie denn auf einen Kaffee einladen?", fragt sie mit unerschütterlichem Optimismus.

Das geht jetzt zu weit, stellt Kai gelassen fest.

„Ich kann Sie höchstens mit einem kleinen Spiel hier am Laufband unterhalten. Wollen Sie?"

Die Frau ist irritiert. Ein Spiel, hier im Supermarkt?

„Kann ich da auch was gewinnen?"

„Sicherlich, der Trostpreis ist, ein bisschen Zeit mit mir verbracht zu haben."

„Ja, wenn es nicht anders geht. Und ich tu so, als

wäre nichts Besonderes?", fragt sie nach, ob sie die Spielregeln auch richtig versteht.

„Das wäre super nett. Ich mache das ja schließlich Ihnen zu liebe."

Bevor er ihre Waren über den Scanner zieht, deckt er den hinteren Teil des Laufbandes mit einem Karton ab. Die dumme Kuh wird nach der Registrierung keine Sicht mehr auf ihre Artikel haben.

„Das Spiel beginnt. Sie sagen mir, was Sie gekauft haben, und ich packe es Ihnen in die Tüte."

„Ein lustiges Spiel", findet die Frau und fängt an, die Sachen aufzuzählen, die sie vorher in den Korb gelegt hatte. Als sie nicht mehr weiter weiß, ist die Einkaufstüte voll.

„Ein netter Service! Endlich hat sich einmal jemand für mich Zeit genommen", bedankt sie sich, als Kai ihr die Tüte überreicht. Dann geht sie.

Auch Kai ist zufrieden. Bei seinem Einpackspiel hat die Frau Koteletts, einen Ziegenkäse und eine Flasche Rotwein vergessen anzusagen. Zufrieden packt er die Sachen in eine Ecke unter der Kasse und überlegt, ob sich dieses Spiel nicht ausbauen lässt.

Am Abend wird Kai von seiner Freundin abgeholt. Freudig küsst er sie und zeigt ihr, was er auf spielerische Weise ergattert hat.

Die dumme Kuh ist sich jetzt sicher, dass es kein Fehler wäre, ihren Mann gegen Kai einzutauschen. Lange hat sie in einer Ecke vor dem Supermarkt auf seinen Feierabend gewartet. Umso enttäuschter ist sie, als sie ihn nicht alleine davon gehen sieht. Am nächsten Tag wird sie ihn zur Rede stellen.

Der Zeitungsartikel

Berlin, die Stadt der Armut. Im Süden Deutschlands soll es Arbeit geben. Dafür sind hier die Mieten noch einigermaßen bezahlbar. Und wer was tun will, macht ein Praktikum.

Der Mensch will was tun, ich will auch. Deswegen habe ich morgen ein Vorstellungsgespräch für so ein Praktikum. Vielleicht bekomme ich ja einen Fuß rein in die Branche. Bin halbwegs vorbereitet auf dieses Gespräch. Weiß, was ich soll; weiß, was ich will. Ich könnte auch etwas anderes tun.

Jetzt schon, die Ruhe vor dem Sturm. Oder es ist Nervosität, die mich ein Bonbon nach dem anderen essen lässt. Das Rauchen habe ich aufgegeben. Es gibt ja sowieso fast nur noch Nichtraucherlokale. Immerhin kann man da noch Zeitung lesen. Das ist eine gute Idee, um mich von dem Zukunft stiftenden Gespräch abzulenken. Es gibt kein Entrinnen.

Ein Seiten füllender Artikel über Praktika, ihren Sinn, ihren Wert. Es fehlt nicht nur Betreuung, sondern auch an einer Qualität der Aufgaben, um sich auf dem Arbeitsmarkt zu beweisen. Du kannst Praktika machen, wie du willst, du wirst keinen Schritt tun, der dich vorwärtsbringt.

Das hört sich ja alles nicht so toll an! Meine Motivation beginnt zu schwinden. Ich gönne mir ein Bier mit der Option, den Termin am nächsten Tag trotzdem wahrzunehmen.

Der nächste Tag beginnt, und bald zeigt die Uhr den Zeitpunkt an, der die Weichen stellen soll. Ich bin pünktlich. Freundlich werde ich empfangen. Es entwickelt sich auch ein Gespräch. Das lässt mich nicht mehr sicher sein: Soll ich, was ich will? Will ich, was ich soll?

Mein Gegenüber ist recht unverblümt. Herausforderungen, die mich im Beruf aufgehen lassen, habe ich nicht wirklich zu erwarten. Ich werde sowieso nicht lange Anteil nehmen am betrieblichen Geschehen.

Mir fällt der Artikel aus der Zeitung wieder ein. Also bin ich freundlich und bestimmt, und bald sind wir uns einig, dass jeder seiner eigenen Wege gehen sollte.

Nur meine Freundin mokiert sich am Abend. Sie sieht, ich will mich nicht integrieren, nicht wichtig sein als Mitglied einer führenden Nation. Ich erkläre ihr, mit dieser Meinung stünde ich nicht alleine da, und berufe mich auf die Schrift, die mir am Abend vorher ein Zeichen gab.

Wer sollte das System so determinieren, welche Lobby sollte denn dahinterstehen? Die Zeitung gibt es auch in ihrem Haus. Ungläubig sucht meine Freundin den Artikel raus.

Und da steht, man solle sich nicht lang genieren und ein Praktikum anvisieren. Es gäbe sowieso keine andere Gelegenheit, den Tätigkeitsdrang zu befriedigen, ohne viel zu investieren.

Was sie da liest, kann ich nicht glauben. Es ist jedoch das gleiche Blatt. Welcher Gott hat mich denn da beschissen? Oder hat er mich beschützt? Ich werde eigene Wege gehen.

Die Meisterköchin - ein Märchen

„Ich sollte kürzertreten", sinnierte Lutz laut am Tresen.

Kalle sah ihn irritiert an. „Was'n los?", fragte er besorgt. „Du warst es doch immer, der gesagt hat, um was am Laufen zu haben, muss man welche am Laufen haben."

„Ja, und um welche am Laufen zu haben, muss man was am Laufen haben. Das wird jetzt anders. Ich hab genug von den Flirts und Romanzen. *Sie* wird mich zum Eigentlichen des Lebens bringen."

„Fressen, saufen, ficken? Aber das machst du doch jetzt schon."

„Ich höre trotzdem auf."

„Aber dein Image, deine Inspiration!"

„Ich lebe — und Leben heißt Veränderung."

„Und welche von deinen Schnittchen soll die Glückliche sein?"

„Das ist das Problem, weiß ich auch nicht."

Kalle sah Lutz schon wieder verständnislos an. Niemand hatte die Ausschweifungen des Lebens mehr geliebt als Lutz. „Aber was redest du dann für ein Zeug?"

„Ich will ehrlich sein. Mein Arzt hat mir gestern prophezeit, dass ich es nicht mehr lange machen werde, wenn ich nicht kürzertrete."

„Dann hast du natürlich wirklich ein Problem." Kalle war ernsthaft ergriffen von der neuen Nachricht. „Was kann man da nur tun?"

Ein Schweigen machte sich breit, da die Anwesenden dem Denken verfielen. Lutz wog die Vor- und Nachteile der einzelnen Kandidatinnen ab, die für seine Altersversorgung in Frage kamen. Kalle überlegte, ob Lutz sich die Qual der Wahl nicht ersparen könnte, in dem er zum Islam konvertierte. „Ich hab's!"

Lutz' Idee überzeugte auch Kalle. Er würde sich von jeder Einzelnen bekochen lassen, und die, bei der es am besten schmeckte, die durfte sich dann freuen. Lutz schickte Kalle los, und schon bald waren die Glücklichen informiert und bereiteten sich auf den Wettkampf vor.

Die Erste, sie verehrte Lutz schon lange, ging zum Biomarkt und stand drei Tage lang in der Küche, um das Mahl für ihren Zukünftigen zuzubereiten. Es konnte nicht viel schiefgehen. Sie hielt sich genauestens an die Rezeptur, nach der auch Drei-Sterne-Köche zu kochen pflegten. Und es wirkte. Lutz schmeckte es so gut, dass er den ganzen Abend mit der Lady verbrachte und sich mindestens drei

Videofilme mit ihr ansah.

Die Zweite, war scharf auf Lutz, weil er eine gute Partie war. Sie war gerne bereit, mit ihm zu essen, um sich so einen luxuriöseren Lebensstil leisten zu können. Kurz bevor Lutz erschien, bestellte sie per Telefon ein opulentes Sushi-Menü. Kunstvoll platzierte sie es auf ihrem Küchentisch und schoss von dem Festmahl noch ein Bild mit ihrer Handykamera. Lutz kam, und sie machten sich über das Essen her. Da Lutz es nicht leiden konnte, wenn man ihn enttäuschte, erzählte sie ihm, sie hätte drei Tage in der Küche gestanden, um dieses Essen vorzubereiten. Ich hätte nie gedacht, dass sie so fleißig ist, dachte Lutz und amüsierte sich mit ihr drei Tage und drei Nächte lang.

Bei der dritten Kandidatin hatte Lutz sich lange nicht sehen lassen. Deswegen hatte sie keine große Lust, Zeit oder Geld in diesen Typen zu investieren, aber sie wusste, dass er kein Widerwort duldete.

„Du kommst gerade richtig!", empfing sie ihn, als er zum vereinbarten Termin erschien. „Bin gerade fertig mit Kochen."

Erwartungsvoll setzt sich Lutz an ihren Küchentisch und erkundigte sich danach, was auf dem Speiseplan stand.

Die Antwort war: „Kartoffeln und Quark."

Lutz wollte gerade mit der Leier ansetzen, dass sie doch nur sagen müsste, wenn ihr etwas fehlte, aber sie drängte ihn zu essen.

Wie schnell das geht, überlegte Kalle Wochen später. Seit dem dritten Essen hatte sich Lutz nicht mehr sehen lassen. Kalle überlegte weiter, ob er sich über Lutz' Glück freuen sollte und ob er auch einmal so enden würde.

Nur Eingeweihte wussten, dass Lutz nicht wieder erschien, weil das dritte Essen mit einer Substanz vermischt gewesen war, die für den menschlichen Organismus tödlich ist.

Der Dreckspatz

Sie war stets hilfsbereit und gut zu Mensch und Tier. Dennoch war es nicht einfach für sie, unter den Menschen Freunde zu finden. Mal war es ihr sanftes Wesen, das sie unsichtbar erscheinen ließ. Mal war es ihre Verträumtheit, die sie den Anschluss verpassen ließ, wenn die anderen um die Häuser zogen. Auf jeden Fall war es ihre Ordnung, die bemängelt wurde, wenn jemand wagte, ihr näher zu kommen.

Gefühlte Ordnung, stellte sie dann lächelnd fest und fragte sich, wieso ausgerechnet dieser Aspekt des Lebens so überbewertet wurde. Sie hatte weder Mann noch Kind, aber jede Menge zu tun.

Dabei hatte ihr Chaos durchaus System. Egal was sie in ihrer Wohnung suchte, sie fand es sofort, solange sie nicht versuchte, durch Stapeln, Ordnen und Sortieren eine Übersicht herzustellen, die anderen verriet, was bei ihr wo zu holen sei.

Manchmal gab es Tage, da sagte sie sich, dass sie dieses Schicksal hinnehmen musste, als Frau geschmäht zu werden, da ihr die Kunst des Putzens verschlossen blieb wie ein Buch mit sieben Siegeln. Dann gab es wieder Tage, die ihr die Einsicht brachten, dass es für sie und die Männer einfacher war, wenn sie mitging und ihnen die eigenen vier Wände vorenthielt.

Bei diesen, meist nächtlichen Besuchen stellte sie fest, dass die Männer selten viel ordentlicher waren. Trotzdem kannte keiner das Problem, wegen eines Bergs Abwasch oder eines ungesaugten Teppichs verschmäht zu werden. Selten blieb sie länger und konnte so nicht herausfinden, wie die Männer ihr Domizil davor bewahrten, als Messi-Haushalt unterzugehen. Ihre Hilfe war dabei nicht viel wert, und so war es meistens ein stilles Einvernehmen, wenn sie wieder aus dem Leben der Männer verschwand.

Eines Tages wurde sie jedoch von einem ihrer Verehrer überrascht, indem er sie zu Hause besuchte. Schüchtern ließ sie ihn in ihre Wohnung, und er schaute sich interessiert um, wie sie eingerichtet war und lebte. Schweigend ließ sie ihn gewähren, kochte in der Zwischenzeit einen Kaffee, erwartete aber, dass er sofort wieder die Wohnung verlassen würde, bevor sie sich für das Ausmaß der Unordnung entschuldigen können würde. Die fehlende Putzfrau war das einleuchtendste Argument, jedoch sie schwieg. Er blieb und erklärte ihr, dass ihr fehlender Ordnungssinn ihm nichts ausmache. Die Hochkultur, in der sie lebten, war dem Untergang geweiht, also wozu so tun, als wäre die bestehende Ordnung eine Form der Reinheit?

Eine Weile schwebten sie in einer Wolke aus Harmonie und Hausstaub, dann brach irgendwann der Tag heran, an dem die Gewohnheit die beiden auseinandertrieb. Es hatte keine größeren Unstimmigkeiten gegeben. Er machte keinen Vorwurf, als er ging. Fragend suchte sie in seinem Blick nach der Antwort auf die Frage: 'Warum?'

Sie solle es nicht so persönlich nehmen. Es wäre normal, dass eine funktionierende Beziehung den Schein der Sicherheit zum Erstrahlen brachte. Allein für das Feuer, das er in sich trage, komme dieses Licht einem Eimer Wasser gleich.

Da stand sie nun wieder. Es kam ihr vor, als wären nur Staub und Dreck zuverlässig in ihrer Wiederkehr. Eindeutig aufdringlich, entschied sie, nachdem der Staub die Farben der Einrichtung hatte verblassen lassen. Widerwillig machte sie sich daran, diese graue Schicht in ihrer Wohnung zu entfernen. Dabei entglitt ihren Händen eine Vase. Ein emotionaler Schauer durchlief sie, dann machte sie der Wut Platz, die in ihr aufstieg, indem sie sich über den Dreck ausließ. „Dieses Protestantenkonfetti. Du bist die Nummer eins, auf der Liste meiner Feinde. Nutzlos, penetrant und ungebeten!", rief sie lautstark in jede Richtung, in der sie auch nur ein Stäubchen entdeckte.

Vor sich hin schimpfend räumte sie die Scherben der

Vase weg und wollte weiter mit dem Staublappen ihr Werk vollbringen. Jedoch der Dreck war weg, hatte sich auf und davon gemacht. Verwundert inspizierte sie alle Ritzen und Kanten, konnte aber keinen lästigen Staub mehr entdecken. Gut gelaunt ging sie wieder ihrem eigentlichen Tagewerk nach. Erst am Abend, als die Nachbarin sie fragte, mit wem sie denn Ärger gehabt hätte, erinnerte sie sich wieder und erzählte lachend, was ihr geschehen war.

So gingen die Monate ins Land. Das Putzen hielt sie nicht mehr weiter auf, es stärkte lediglich ihre Stimmbänder. Es war ihr jetzt egal, ob es am Abend zu ihr oder woanders hinging.

Eines Tages stand er dann wieder vor ihrer Tür. Sie ließ ihn rein und stellte nicht viele Fragen. Doch als sie das nächste Mal wieder brüllend durch die Wohnung ging, um den Staub aus allen Ecken zu vertreiben, war auch er wieder weg. Er hatte ihren Angriff auf den Staub einfach zu persönlich genommen.

Eingeschneit

Obwohl die Klimaerwärmung das Eis an den Polarpolen schmelzen lässt, hatten wir dieses Jahr einen knackigen Winter. Nicht einfach nur Kälte, sondern Schnee von November bis in den Februar hinein. Selbst unter Jugendlichen, die von Wetterfühligkeit und anderen Banalitäten meistens noch unbeeindruckt sind, ist die Kälte dieses Winters ein akzeptiertes Thema.

Sobald man die Straße betritt, wird das Fortkommen zu einem überlebenskampfähnlichen Wettstreit, der darauf beruht, sich möglichst ohne Rutschen und Schlittern in der Senkrechten zu halten. Die Straßen für die Autofahrer sind geräumt, das Begehen der Bürgersteige jedoch ist von der Willkür der Hausbesitzer abhängig. Im besten Sinne ein Geschicklichkeitsspiel, in dem man Geduld und Gleichgewichtsgefühl trainieren kann. Jeder Schritt will wohl bedacht sein, soll die Welt nicht auf den nächsten Metern untergehen. So ist die ganze Aufmerksamkeit der Passanten für das eigene Fortkommen gefordert, und es gäbe wohl eine fette Beute an Verkehrsopfern, müssten die Autos nicht ihre Geschwindigkeit an die Witterung anpassen.

Spikes an den Schuhsohlen wären eine gegebene Neuerung; Socken über den Schuhen sollen helfen, sehen aber völlig unästhetisch aus.

Da man die ganze Zeit auf den Gehweg achten muss, als wäre man auf der Suche nach etwas Verlorenem, hat man Gelegenheit, die verschiedenen Formen der Schnee- und Eisbekämpfung, die den Hauseigentümern obliegt, in ihren Einzelheiten zu studieren und in einem individuellen Wettbewerb zu bewerten.

Hannes, eine Nachtgestalt des Friedrichshainer Kiezes, hat die Bewertung der Schneebeseitigung vor den einzelnen Häusern abgeschlossen, und wer will, kann sich von ihm die Rankingliste erläutern lassen und ist dann für das weitere Vorankommen gut gerüstet, da er weiß, was ihn auf seinem Weg noch erwartet.

Platz eins bedeutet, dass der Weg vor dem Haus frei von Schnee und Eis ist. Dieser Platz wurde in unserem nicht belegt. Ein guter Beweis dafür, dass es für die Natur ein Leichtes ist, sich zurückzuholen, was vom Menschen nicht mehr gebraucht wird. Mindestens aber doch ein Zeichen dafür, dass Hauseigentümer bei Schnee schnell überfordert sind.

Platz zwei haben bei Hannes die erhalten, die Salz auf den Gehweg gestreut haben. Der Schnee ist weich und locker, und man kommt mit halbwegs sicherem Schritt voran. Dieser Platz wurde nur von wenigen belegt, denn Salz ist bei der Schneebeseitigung unlauterer Wettbewerb, weil staatlich verboten.

Der dritte Platz ist dagegen schon öfter vergeben. Der Schnee wird nicht geräumt, dafür aber Splitt auf den Gehweg gestreut. Leider scheint das Splittkontingent sehr gering zu sein, oder Splitt muss, wohl durch die große Nachfrage, überteuert sein, da meistens nur sehr wenig Splitt verteilt wird, und das nur bei Neuschnee. Das hat zur Folge, dass der Splitt nach den ersten zehn Passanten festgetreten ist und die Rutschgefahr nicht viel geringer ist als bei Platz vier, den die Häuser mit jenen Eigentümern belegen, die vom Schneechaos einfach völlig unberührt bleiben, da der Gehweg wie in der freien Natur einfach dem Wetter überlassen wird.

Ich stimme mit Hannes überein: Platz drei und Platz vier unterscheiden sich wahrscheinlich darin, dass der vordere Platz von den Häusern belegt wird, die nicht nur einen Eigentümer, sondern auch einen Hauswart beziehungsweise Hausmeister aufweisen können.

Um nach dem Gespräch mit Hannes zu meinem Haus zu kommen, das im Räumungs-Contest immerhin den dritten Platz belegt, muss ich noch an sieben anderen Häusern vorbei. Hannes weiß es genau: Einmal Platz zwei, zweimal Platz drei und viermal Platz vier muss ich überschreiten, dann erreiche ich Wärme und sicheren Boden. Im Sommer ein Weg von höchstens drei Minuten, doch jetzt brauche ich mindestens zehn, und Hannes wünscht mir viel Glück.

Leider scheinen die höheren Mächte nicht viel von Hannes' Wünschen zu halten, denn ich bin noch nicht um die Ecke, passiere gerade ein Stück Weg, das Platz drei belegt, da rutsche ich aus und falle hin. Als ich wieder stehe, schmerzt mein rechter Arm, mit dem ich den Sturz abgefangen habe, und Unsicherheit macht sich in mir breit, ob beziehungsweise wie ich mein Haus noch erreichen werde. Ich denke mir, dass es so sein muss, wenn man vom Pferd fällt. Dann soll man bekanntlich sofort wieder aufsteigen, damit die Angst vor dem Sturz einem nicht den Rest des Fortkommens versaut.

Also will ich weitergehen, aber Hannes hat mich erreicht und erkundigt sich, ob alles in Ordnung sei. Ich bejahe seine Frage und will weiter, doch er hält mich am Ärmel und erzählt mir mit geheimnisvoller Stimme, ich brauche mich nicht zu wundern, wenn ich gerade an dieser Ecke hinfalle. Ich verstehe nichts von dem, was Hannes mir sagt, und frage, ob der Splitt, der hier gestreut wurde, etwa Mehrwegsplitt und für seine Funktion schon von vornherein zu abgenutzt sei. Hannes' Gesicht bekommt einen verschwörerischen Ausdruck, und leise, damit niemand weiter hören kann, was er erzählt, berichtet er mir, dass es nicht am Splitt und auch nicht am Schnee liege, wenn hier jemand ausrutscht. Es liege an einem der Bewohner des Hauses, vor dem wir stehen.

Ich betrachte ungläubig die Häuserfront, kann aber nichts und niemanden entdecken, das aus dem Rahmen fiele oder aus dem Fenster sähe. Nur ein Fenster ist weit geöffnet, und es dringt elektronische Musik heraus. Das ist für winterliche Verhältnisse nicht so gewöhnlich, aber man kann wohl niemandem das Lüften der Wohnung verbieten, nur weil auf dem Gehsteig Rutschgefahr herrscht. Hannes meint aber, dass ich mit dieser Beobachtung schon ganz richtigliege, und ob es mich nicht auch wundere, dass die Musik so überhaupt keine Bässe mit sich schwingen lasse.

Die aus dem Fenster dringende Musik hat kaum Harmonien, die meinen Ohren schmeicheln. Da ich aber ein toleranter Mensch bin und gleich weiter will, stören mich die Klänge nicht weiter. Ich versuche, die Musik bewusst auf mich wirken zu lassen. Aber mehr, als Hannes bestätigen zu können, dass es wirklich kaum einen Bass in dieser Melodie gibt, bewirkt sie bei mir nicht.

Ja, und siehst du, das ist das Problem dieses Kollegen, teilt mir Hannes mit, nachdem ich seine Beobachtung bestätigt habe. Eigentlich wollte er, dass die Leute tanzen, wenn sie diese Musik hören, aber nicht einmal in einem Club, der nur elektronische Musik spielt, hat er damit die Leute zum Tanzen bewegen können. Deswegen hat er ein Gerät entwickelt, das die Leute sensibler für die Musik machen sollte. Leider hat der Plan noch nicht ganz geklappt, und das Gerät bringt nur den Gleichgewichtssinn durcheinander, wenn jemand seinen Schwingungen zu nahe kommt.

Erst bin ich ungläubig, dann will ich mich aufregen über so eine verantwortungslose Umgangsweise. Wenn er keine Erfindung im Dienste des Menschen hervorbringen kann, soll dieser Nachbar das Erfinden doch lieber bleiben lassen und konventionelleren Tätigkeiten nachgehen. Das erkläre ich Hannes in einem Ton, der ihm vorsichtig vermittelt, dass er damit eigentlich nichts zu tun hat. An den Anwohner würde ich mich noch persönlich wenden. Und wie gerufen erscheint ein Kopf am geöffneten Fenster.

Ich hebe meine Stimme so laut an, dass dieser Nachbar garantiert kein Wort überhören kann. Der Mann am Fenster hört mir scheinbar andächtig zu und formt aus dem Schnee auf seinem Fensterbrett einen Schneeball. Als er damit fertig ist, sagt er mit unschuldiger Miene, dass er nicht wisse, wovon ich reden würde, und meinen Gleichgewichtssinn könne er auch auf ganz normalem Wege stören. Mit einem frechen Grinsen zielt er dabei mit dem Schneeball auf mich und ermahnt mich, dass man den Leuten nicht alles glauben darf, was sie so erzählen. Besonders so einem Eckensteher wie dem Hannes, dem am Morgen schon der Tag zu lang sei und der deswegen immer allerlei Geschichten erzähle.

Damit verschwindet der Mann wieder aus meinem Blickfeld und lässt auch die Musik verstummen, indem er das Fenster schließt.

Hannes und ich sehen uns verlegen an. Bevor ich etwas sagen kann, ergreift Hannes das Wort und gibt mir zu verstehen, auch er wisse, wie unglaublich die Geschichte sich anhöre. Aber er sei sich sicher, dass dieser Anwohner sein Gerät nur laufen ließe, weil er eine heimliche Abmachung mit der Chirurgie an der Ecke habe.

Ich weiß jetzt überhaupt nicht mehr, was ich glauben soll, und sage Hannes, es sei schon gut, man könne da sowieso nichts unternehmen, zumindest solange Schnee und Kälte herrscht. Langsam gehe ich weiter und nehme mir vor, im Sommer noch einmal ganz bewusst an dem Haus vorbeizugehen, wenn aus dem Fenster Musik dringt. Spätestens wenn ich anfinge zu tanzen, wüsste ich, dass Hannes recht hat.

Fridolin oder ein Kiezspaziergang

Morgen bin ich weg hier. Gut gelaunt pfiff sie die Melodie, die ihr bei diesem Gedanken in den Ohren klang. Lange hatte sie die Stadt nicht mehr verlassen. Sie kannte sich gut aus in den Straßen, auch wenn die Schnelllebigkeit dieser urbanen Ballung den Überblick über Kneipen und andere Läden erschwerte. Sie war sich nicht sicher, ob es noch ihre Stadt war.

Sie schloss die Tür zu ihrer Wohnung auf. Mit der Euphorie der Vorfreude rief sie: „Hallo, Fridolin!" in die Räume ihrer Wohnung hinein. Der Ruf verhallte zwischen den Wänden, ohne dass sie eine Antwort erhalten hätte. Das war neu, ungewohnt, beängstigend.

Das wäre es ja noch, dachte Wiebke, dass Fridolin jetzt krank wird. Wenn ich schon mal weg will. Sie zog sich die Schuhe aus und ging in das Zimmer, in dem Fridolin normalerweise auf sie wartete. Das Fenster stand offen - wie auch die Tür zu Fridolins Käfig. Sie brauchte im Zimmer gar nicht erst zu suchen. Ihr Wellensittich war weg. Hatte den Weg in die unfreundliche und gefährliche Freiheit gewählt. Sie rief seinen Namen aus dem Fenster hinaus und lauschte auf die Geräusche im Hof. Außer der zeternden Stimme eines aufgebrachten Nachbarn und dem zufriedenen Gurren einer Taube war nichts zu hören.

Wie konnte er ihr das antun? Gut, sie hatte vergessen, nach dem Füttern den Käfig zu verschließen - aber deswegen gleich Abschied von ihr zu nehmen? Sie wollte es nicht Liebe nennen, hatte aber immer gehofft, dass es so etwas wie Zuneigung war, wenn er sie freudig begrüßte und ihr auf der Schulter sitzend am Ohr knabberte.

Okay, Fridolin, so viele Bäume gibt es nicht mehr hier im Friedrichshain. Entgegen ihrer Philosophie, nichts und niemanden aufzuhalten, wenn sich Wege trennten, entschloss sie sich, ihren Vogel Fridolin suchen zu gehen.

Vor dem Haus spielten ein paar Kinder. Sie fragte sie, ob sie einen Wellensittich gesehen hätten. Die Kinder waren aber so in ihr Spiel vertieft, dass sie Wiebke kaum bemerkten. Ratlos blickte sich Wiebke um. Sie wusste nicht, wo sie mit der Suche anfangen sollte, entschied sich dann aber erst einmal, die Seitenstraßen abzulaufen, da sie hoffte, dass ihr Vogel die lauten, belebten Hauptstraßen des Kiezes meiden würde.

Vor der Sanierungswelle Ende der Neunziger wäre es wohl leichter gewesen, den Vogel mit seinem gelben Gefieder zu erspähen. Die Häuser waren größtenteils morbide und grau gewesen. Das hieß aber nicht, dass es den Bewohnern an Lebensgeist oder Mut gefehlt hätte. In einigen Straßenzügen hatte die Subkultur geblüht, die durch Eigeninitiative das Leben in diesem Bezirk bunt werden ließ und der Obrigkeit den Stinkefinger zeigte.

Das war lange her. Die Häuser waren in der Zwischenzeit billig bunt saniert worden und ließen das Wohnen sowie das Leben in diesen Straßen unerschwinglich werden.

Sie erreichte den Wismarplatz. Früher ein unbeachteter grüner Flecken zwischen Straßenbahn und Häusermeer, prahlte er jetzt mit einem Spielplatz für die Jüngsten, deren Eltern sich in den letzten Jahren im Kiez angesammelt hatten. Dieser Spielplatz, aus Steuergeldern finanziert, war nichts Aufregendes, im Gegensatz zu dem Abenteuerspielplatz, den es mal in der Kreutziger gegeben hatte – dort, wo jetzt eine Biomarktkette ihre überteuerten Waren anbot. Für die neuen jungen Familien. Der letzte Fluchtpunkt vor der rauen Wirklichkeit des neuen Deutschland. Da war auch der Friedrichshain ganz trendy.

Hier war es so laut, dass es aussichtslos war, Fridolins Gezwitscher aus dem Gewirr von Stimmen heraus hören zu wollen.

Wiebke bog in die Weserstraße ein. An einer Toreinfahrt, die mit einem schmiedeeisernen Gitter versperrt war, sah sie eine Frau aus vergangenen Tagen. Die Frau saß im Rollstuhl, und ihr Herz gehörte den Freigängern, den wilden Katzen des Kiezes. Jeden Abend drehte sie ihre Runde und verteilte Futter an den stillschweigend vereinbarten Plätzen. Ab und an sprang ihr einer ihrer haarigen Freunde auf den Schoß und bedankte sich mit Schmusen und Schnurren bei ihr. Wiebke fragte die Frau, ob sie einen gelben Wellensittich gesehen hätte. Sie blickte kurz auf und murmelte mehr zu sich, dass sie nicht mehr in den Himmel sähe, denn ihre Freunde wären nur in den dunkelsten Ecken zu finden.

Wiebke blieb noch eine Weile bei der Frau stehen und sah zu, wie sie Futter verteilte.

Eine andere Passantin, in den besten Jahren und sicherlich auch aus besseren Verhältnissen, die sie erst in den letzten Jahren in diesen Stadtbezirk gebracht hatten, blieb ebenfalls bei der Rollstuhlfahrerin stehen.

„Das ist gegen die Stadtverordnung, was Sie da tun!", belehrte sie sie.

„Wieso?", antwortete die Frau mit Worten, die so langsam wie ihre Bewegungen waren.

„Ich füttere doch keine Tauben. Und meine vierbeinigen Freunde sind die einzigen Verbündeten, die wir gegen die Ratten haben. Die wollen Sie ja sicher auch nicht."

Die etablierte Frau war für einen Moment sprachlos, aber dann setzte sie erneut an.

„Wenn ihre Tierliebe so grenzenlos ist, halten Sie sich doch eine Katze in Ihrer Wohnung! Ich hoffe, Sie haben so etwas. Mit Ihrer Rennattrappe halten Sie doch sowieso nur den ganzen Verkehr auf."

Jetzt war Wiebke sprachlos. Das musste die neue Friedfertigkeit sein, mit der sich die Deutschen neuerdings rühmten.

Aber die Frau im Rollstuhl war selbstständig genug, um sich mit Worten zu wehren.

„Gerade weil ich tierlieb bin, werde ich keine Katze in der Wohnung halten. Und um mein Fortkommen brauchen Sie sich keine Gedanken zu machen. Es lohnt sich sowieso nur, mit den Autofahrern zu flirten, die für mich anhalten."

Schweigend verließ Wiebke die diskutierenden Frauen und ging weiter zum Traveplatz. Der nächste grüne Fleck, angefüllt mit Kindern und wie jede Wiese im Kiez gesäumt von arbeitslosen Alkoholikern. Sie suchte die Bäume ab, konnte aber auch hier keinen gelben, tirilierenden Federflecken entdecken. Sie fühlte, dass sie von Fridolin Abschied nehmen musste. Die Fahrt morgen würde sie hoffentlich auf andere Gedanken bringen.

Um den Frieden zu besiegeln, den sie gerade mit Fridolin schloss, hielt sie ihr Gesicht in die glänzenden Strahlen der gerade untergehenden Sonne. Plötzlich drang eine aufgeregte Kinderstimme an ihr Ohr.

„Sieh mal, Mutti! Sieh mal, auf dem Baum da sitzt ein gelber Vogel!"

Wiebke folgte dem Fingerzeig des Kindes und entdeckte den farbigen Flecken im Geäst eines alten Baumes. Der Flecken war wirklich gelb. Der Flecken konnte nur Fridolin sein! Eine Traube von Kindern hatte sich bereits unter dem Baum versammelt. Aufgeregt gesellte sich Wiebke dazu und rief laut ihren Vogel. Er schien sie aber nicht hören zu wollen. Als ginge ihn der ganze Tumult unter dem Baum nichts an, putzte er sein Gefieder.

„Fridolin!", rief Wiebke immer wieder. Sie versuchte, in ihre Stimme allen Sanftmut zu legen, der in ihr wohnte. Aber der Vogel interessierte sich nicht für seinen Namen und auch nicht für die restlichen Zurufe, die ihm galten.

„Ist das Ihrer?", fragte ein Alteingesessener, der sich zu der Traube Kinder gesellt hatte.

„Ja", antwortete Wiebke kurz. „Würde ich ihn sonst beim Namen rufen?"

„Sie sollten sich lieber einen Hund anschaffen!", konterte der Mann freundlich. „Die hören noch am ehesten, wenn man mit ihnen auf die Straße geht."

„Beziehungsstress", erklärte Wibke jetzt bei dem Versuch, den Baum zu erklimmen. „Eigentlich hört er ja und ist handzahm."

„Na, dann seien Sie mal freundlich! So ein Vogel ist ja auch nur ein Mensch", antwortete der Mann feixend.

Wiebke hatte es nicht geschafft, den untersten Ast des Baumes zu erklimmen. Ratlos stand sie unter dem Baum – zusammen mit ein paar Schaulustigen, die sie durch ihren Kletterversuch angezogen hatte.

„Sie müssen eine Leiter holen!", schlug ein junger Mann vor, den Wiebke als modernen, aufstrebenden Studenten identifizierte.

„Klar doch. Und dann renne ich mit dem Teil durch die Stadt. Immer dem Vogel hinterher", erwiderte Wiebke, während sie abermals den Stamm des Baumes nach einer Aufstiegsmöglichkeit absuchte.

„Was für ein Aufstand wegen einem Vogel. Holen Sie sich doch in der Zoohandlung einen neuen." Wiebke vermied es, nach dem Urheber dieser Bemerkung Ausschau zu halten. Dieser Nachbar wohnte noch nicht lange hier.

Vielleicht sollte sie die Stadt doch verlassen. Wenn Fridolin ihr nicht bald entgegen kam, würde sie ihn dieser verrohten Wirklichkeit überlassen. Auf ihre Reise würde sie jetzt jedenfalls nicht verzichten. Der Vogel bewegte sich jedoch nicht, sondern fing an, in die anbrechende Dunkelheit hinein ein Lied zu trällern.

Dafür kam aber ein Punk auf Wiebke zu und bot ihr mit seinen Händen eine Räuberleiter an.

„Wenn de den nicht fängst, krakeelt der nicht mehr lange."

Wiebke nahm das Angebot an und erklomm endlich den untersten Ast des Baumes. Fridolin sah ihr interessiert zu. Gerade war sie so weit, dass sie ihm Auge in Auge gegenüber stand. Der Moment der Festnahme stand bevor. Fridolin schaute desinteressiert in die andere Richtung, erhob sich und ließ sich zwitschernd auf einem anderen Baum nieder.

Augenblicklich bekam Wiebke schlechte Laune. Wie hatte dieser Vogel sich das vorgestellt?

Sollte sie den Baumparkour erfinden? Als Alternative zum architektonischen Parkour der Trasseure dieser Stadt? Von unten drang Gelächter zu ihr herauf, das ihre Laune auch nicht heben konnte. Auch wenn sie die Komik ihrer Situation verstand. Mit einem Sprung begab sie sich wieder auf den Boden zu den anderen hinab. Sollte dieser Vogel doch fliegen, wohin er wollte! Sie überredete den Punk, mit ihr im Supamolly einzukehren.

Das Schmuddelflair der Neunziger hatte sich hier fast vollständig erhalten, auch wenn sich eine lässig vertrauliche Atmosphäre oft nur noch in den späten Nachtstunden einstellte. Wenn Wiebke hier einkehrte, hatte sie immer ihre nostalgischen Stunden. Oder die anderen Kneipen des Kiezes hatten schon zu.

Jetzt gehörte ihre Nostalgie ganz Fridolin. Mal wütend, denn sie hatte immer noch nicht ihre Tasche gepackt, obwohl sie doch morgen die Stadt verlassen wollte mal weinerlich, denn Fridolin hatte es sehr gut verstanden, sie zu erfreuen. Sittsam hielt sich der Punk an seinem Bier fest und hörte höflich zu. Die Tatsache, dass er den Vogel gesehen hatte, machte ihn zu einem wissenden Verbündeten.

Am nächsten Tag wachte Wiebke mit Kopfschmerzen auf. Sie braucht eine Weile, bis ihr die Begebenheiten des vergangenen Tages wieder einfielen. Eilig packte sie ihre Tasche. Ein wehmütiger Blick auf den leeren Käfig, und sie machte sich für die Reise startklar. Es war nicht zu ändern. Gewissenhaft unterbrach sie die Stromkreise in ihrer Wohnung und drehte den Gashahn zu. Sie schloss das Fenster.

Da hörte sie einen zarten, fast kläglichen Vogelgesang. Sie öffnete das Fenster wieder und sah auf dem Baum im Hof den frechen gelben Vogel vom gestrigen Abend sichtlich erschöpft im Geäst sitzen. Sie warf einen Blick zur Uhr. Wenn sie den Zug noch erreichen wollte, musste sie jetzt losgehen. Der Vogel tschilpte erschöpft. Wiebke dachte, es wäre Unsinn, Fridolin wegen eines Zuges auf dem Baum sitzen zu lassen. Immerhin war die Bahn doch bekannt für ihre Verspätungen.

Frühjahrsputz

Es war mal wieder so weit. Ich war ohne Job, ohne Mann und ohne Hund. Mein Leben konnte nicht mehr aus den Fugen geraten, aber ich wollte nicht sagen, dass ich am Boden lag. Auch wenn mir meine Töle fehlte (sie hatte so eine angenehme Art gehabt, mich am Morgen zu wecken), wollte ich mich nicht als verloren bezeichnen. Dafür hatte das Leben einfach zu viel zu bieten.

Also zog ich los in die nächste Kneipe. Der Abend verlief schleppend. Ich konnte mein Bier nicht richtig genießen, da ich bei jedem Schluck nachrechnete, wie lange ich bei meiner neuen Haushaltslage den angebrochenen Abend noch gestalten konnte.

Als ich zwischen zwei Rechnungen überlegte, wo ich einen neuen Job finden könnte, damit ich mir diese lästige Rechnerei ersparte, setzte sich eine Gestalt zu mir und sah mich mit eindringlichem Blick an. Er war schon älter, und sein wehender weißer Bart ließ erahnen, dass der Weg aus den Bergen weit gewesen war.

Ich wollte mir jetzt kein Tor in eine neue Welt öffnen und hoffte auch nicht, dass mir dieser Typ einen bezahlten Job besorgen würde. Aber da war etwas in seiner Aura, das mich davon abhielt, mich von ihm abzuwenden.

Ob ich glücklich werden wollte, fragte er mich mit einer Stimme, die mir das Glück zu garantieren schien, würde ich nur ‚ja' sagen. Mein Erfahrungsschatz riet mir von einem Gespräch ab. Aber da war es wieder, das Gefühl, dass hinter diesem Mann mehr steckte, als die meisten anderen vorgaben. So begann er zu erzählen.

Mindestens seine halbe Biografie hatte ich zu hören bekommen, aber die Botschaft für ein glückliches Leben hatte sich mir nicht entschlüsselt. Ich gab ihm zu verstehen, dass sich mein Bier dem Ende neigte und ich den Abend bald beenden müsste, falls er mich nicht zum nächsten Drink einlud.

Einen kurzen Moment hielt er nachdenklich inne, dann tätschelte er meine Hand und sagte: „Siehst du, du mühst dich schon wieder. Man muss die Dinge auf sich zukommen lassen, dann erledigen sie sich meistens wie von selbst."

Das beantwortete mir nicht die Frage, ob ich noch ein Bier trinken konnte, aber der Mann hatte wohl Mitleid mit mir und eröffnete mir jetzt doch seine Lebensphilosophie. Er vertrat die Meinung, dass man nur Dinge tun sollte, die einem keine Mühe und Anstrengung abverlangten. Das Lustprinzip wäre damit garantiert, und den unangenehmen Dingen würde ich so automatisch aus dem Wege gehen. Er garantierte mir, dass mich das Leben mit seinen

Problemen dann verschonen und ich ein glücklicherer Mensch werden würde.

Geld, um mich für die zweite Hälfte seiner Biografie auszuhalten, hatte er auch nicht. Also ging ich nach Hause. Der Weg durch die Nacht war ruhig, und ich dachte weiter über die gerade gehörte Lebensphilosophie des Lustprinzips nach. Theoretisch dürfte ich mich dann nicht mehr beim Jobcenter sehen lassen. Die haben mir noch nie einen Job angeboten, der auch nur vom Ansatz her interessant gewesen wäre.

So gesehen war es also Glück, dass mich die wirtschaftliche Misere im Land vor einem schlechten, unterbezahlten Job schützte. Das wiederum hielt mich zwar davon ab, meinen Trieben und Gelüsten eine aktive Befriedigung zu verschaffen, aber immerhin hatte ich eine Wohnung, in der ich mich gerne aufhielt, und der fehlende Mann garantierte mir einen harmonisch-ruhigen und übersichtlichen Haushalt. Dank der Philosophie des Lustprinzips konnte ich mich also als glücklichen Menschen einschätzen.

Erst ein paar Tage später fiel mir auf, dass sich der Abwasch schon wieder zu einem ansehnlichen Berg angehäuft hatte und darauf wartete, für einen weiteren Küchenkreislauf regeneriert zu werden. Dieser Zustand erfüllte mich mit Unbehagen, und mir war sofort klar, dass diese häusliche Arbeit mein Lustprinzip empfindlich störte. Nach einigen Überlegungen kam ich zu dem Schluss, dass eine Spülmaschine einen großen Beitrag leisten könnte, meine lustvolle Erleuchtung wiederzufinden.

Ich studierte den Kleinanzeigenteil in der *BZ*. Und obwohl mich das Lustprinzip nicht einmal eine gebrauchte Spülmaschine käuflich erwerben ließ, wusste ich, was zu tun war.

Alles lief nach Plan, und ein paar Tage später war ich Putzfrau bei Familie Müller in Dahlem. Es war keine Arbeit, die mich meiner Erleuchtung hätte näher bringen können. Der Job war aber halbwegs gut bezahlt, da Familie Müller meine Tätigkeit nicht dem Finanzamt melden musste.

Eine stolze, wohlgenährte Frau empfing mich. Durch eine geringschätzige Musterung vom Kopf bis zu den Schuhen gab sie mir zu verstehen, dass sie die Herrin des Hauses sei. Ich wollte ihr diese Position nicht streitig machen und betonte bei meiner Vorstellung nicht, dass ich nur an der hauswirtschaftlichen Arbeit, nicht aber an etwaigen erotischen Dienstleistungen interessiert sei. Dafür erkundigte ich mich sofort nach der Küche, die, wie ich annahm, den größten Teil des von mir zu verwaltenden Terrains einnehmen sollte.

Nicht ohne Stolz zeigte mir die Hausherrin den gesuchten Raum, erklärte mir aber, dass ich nicht zum

Kochen, sondern zum Putzen angestellt worden sei. Das eben Gehörte brachte mich einem Schwächeanfall nahe, denn mit der Umsetzung des Lustprinzips hatte das bei der Größe des Hauses so gar nichts mehr zu tun. Aber dann sah ich sie.

Still stand sie da, aufgereiht im Küchenmobiliar und mit aufgerissenem Schlund: meine Spülmaschine. Eine echte Bauknecht neueren Baujahrs mit mindestens sieben Programmen.

Sie nahm mich sofort gefangen. Ich begann, das umherstehende Geschirr einzuräumen. Andächtig lauschte ich dem Rauschen des Wassers, nachdem ich ihr mit freundlich stupsendem Finger ein leises surrendes Leben eingehaucht hatte. Frau Müller stand am Eingang der Küche und sah mir irritiert zu. Der Wasserstrahl in der Spülmaschine legte eine Pause ein, und mit einem frisch belebten Lächeln erklärte ich Frau Müller, dass ich jetzt bereit wäre, mich um den Rest des Hauses zu kümmern.

Frau Müller war über so viel Engagement sprachlos, ließ mich aber auch nicht aus den Augen, nachdem sie mich in den zu erledigenden Arbeiten unterwiesen hatte. Einen kurzen Moment wägte ich noch einmal ab, ob der anstehende Aufwand im Einklang mit dem erstrebten Lohn stand. Da Frau Müller aber nicht nur von ihrem Aussehen her einen soliden Eindruck machte, war die Unordnung im Haus übersichtlich angeordnet — und ich fing mit meiner Arbeit an.

Zuerst machte ich die Betten. Frau Müller — mit ihrem wachenden Argusauge — bemängelte eine Delle an der Kante des Bettes. Sie wartete aber nicht, bis ich den Fehler behob, sondern verbesserte mein Werk selbst. Ich ließ sie gewähren und wandte mich dem Bad zu. Dort war mir die Anordnung der Handtücher nicht ganz klar; und bevor es wieder zu einer Bemängelung meiner Arbeit kam, fragte ich lieber gleich, wie sich die Herrin des Hauses die Details der Innenausstattung wünschte.

Sie schien von der Frage zunächst überfordert, arrangierte die Wasser aufsaugenden Stoffstreifen dann aber so, dass sie weder vom Waschbecken noch von der Wanne her zu erreichen waren. Vorsichtig erkundigte ich mich, wer denn bisher für die Ordnung und Sauberkeit verantwortlich gewesen sei. Bei ihrer Kontrollwut hätte es mich nicht gewundert, wenn die Putzfrauen sich bei ihr die Klinke in die Hand gegeben hätten.

Zu meinem Erstaunen gab sie mir aber zu verstehen, dass sie bisher das Haus geputzt und gewienert hatte. Ich verstand sofort, dass es ihr schwerfiel, diese Verantwortung abzugeben, und fragte besorgt, ob sie denn krank sei und deshalb diese Aufgabe jemand anderem übertragen müsse. Frau Müller war gerührt von meinem Einfühlungsvermögen. Mit einer Stimme, die mich durch das bloße Zuhören zur Mittäterin machte, gestand sie mir, dass sie das alles nur tat, um ihre Ehe zu retten.

Ich verstand die Dramatik der Situation. Und da wir uns gerade in der Nähe des Sofas befanden, nahm ich sie am Arm, und wir setzten uns, während ich ihr mitteilte, dass sie mir lieber von diesen Problemen berichten solle, da sie beim Putzen wirklich bessere Arbeit abliefere als ich. Frau Müller kamen vor Rührung die Tränen. Unter Schluchzen und Schniefen erzählte sie mir, dass sie mich extra dafür engagiert hatte, die Ordnung nicht perfekt werden zu lassen, damit ihr Mann erkennen konnte, welch eine fürsorgliche Sicherheit er mit ihr verlieren würde.

Die Anstrengungen meiner Mission hatten damit ein jähes Ende gefunden, und während ich uns aus dem Kühlschrank etwas zu trinken holte, weihte ich Frau Müller in die Lehren des Lustprinzips ein. Ungläubig hörte Frau Müller zu, aber ich überzeugte sie davon, dass sie bei weitem noch andere Qualitäten besaß als die hausfraulichen des Putzens.

So fanden wir dann auch bald Frau Müllers Quelle des Wirkens und Seins. Und mit wiedergefundenem Selbstbewusstsein erzählte sie mir von einer ökologischen Gemeinde, die sich für eine naturbelassene

Gartengestaltung engagierte. Das Ziel des Vereins war ehrenwert. Es durften keine Pestizide, keine leichtlöslichen Mineraldünger und keine Torferde im privaten Naturgehege verwendet werden. Dann erfüllte man die Kriterien, um Mitglied in diesem Verein zu werden. Während sie mir erklärte, welchen verkannten Anteil diese Arbeit am Umweltschutz hatte, fiel mir auf, dass Frau Müller der Erfüllung ihres Lustprinzips eigentlich schon ziemlich nah war, und ich beschloss, zum Angriff überzugehen.

Ich bestärkte sie darin, diese verantwortungsvolle Aufgabe auszubauen und sie zu ihrer Mission zu machen. Ich garantierte ihr, dass sie auf diese Weise den Problemen ihrer Ehe aus dem Weg gehen könnte, und versicherte ihr, dass ihr Mann sein Interesse an ihr wiederfände, würde diese Aufgabe erst einmal ihre ganze Aufmerksamkeit auf sich ziehen. Aber, setzte ich freundschaftlich hinzu, es wäre doch nicht schlecht, den Umweltschutz auch innerhalb des Hauses zu beachten.

Erstaunt erklärte mir Frau Müller, dass sie nur Ökoputzmittel verwende — und den Müll trenne sie auch. Ich erklärte ihr ohne Umschweife, dass das wohl alles richtig sei, aber ihre Spülmaschine wäre ökologisch betrachtet überhaupt nicht auf dem neuesten Stand. Andächtig meiner Rede lauschend gab sie mir Recht, dass die Maschine doch ein recht großer Strom- und Wasserfresser war, und mühte sich um Verständnis, als ich ihr erklärte, dass man bei solch eintönigen Arbeiten wie dem Spülen mit der Hand meditativ wirken und etwas für seine Spiritualität tun könne. Als ich Frau Müller dann den Platzvorteil in der Küche zeigte, den sie ohne Spülmaschine haben würde, kam ich nicht mehr dazu, ihr zu erklären, was man mit diesem Platz so alles machen könnte.

Wie angewurzelt standen wir am Eingang der Küche und schauten in einen Raum, der im Seifenschaum versunken war. Ich vergewisserte mich kurz, ob Frau Müller die Kräfte auch nicht verließen. Aber mit gefasstem Blick wusste sie, dass es die Spülmaschine war, die mit einem unerwarteten Eigenleben brillierte. Mit entschiedener Stimme bat sie mich, die Maschine zu entsorgen, am besten heute noch. Ich ging das Auto holen.

Nachdem wir den Automaten im Kofferraum verstaut hatten, versicherte Frau Müller mir, während sie mir meinen Lohn und ein Entsorgungsgeld für die Spülmaschine übergab, dass ich nicht wiederkommen müsste. In Zukunft würde sie sich wieder selbst um ihren Haushalt kümmern und ihrem Ehrenamt eine neue Bedeutung geben.

Ich wünschte Frau Müller, dass sie mit ihrem ökologischen Geist die Lehre des Lustprinzips weiter befolgen könne. Deswegen erwähnte ich auch nicht, dass ich der Spülmaschine eine Überdosis Reinigungstabs verpasst hatte. Zu leicht hätte diese Nachricht Frau Müllers ökologisches Bewusstsein belasten können. Zufrieden nahmen wir voneinander Abschied, und ich fuhr in die ein Stückchen näher gerückte Zukunft meines Lustprinzips.

Der One-Night-Stand

Es ist 20.15 Uhr. Das Fett spritzt, als Helene eine Portion Pommes im Frittiergerät versenkt. Es ist ihre erste Schicht in diesem Imbissstand. Den Nachmittag über hat sie wie am Fließband Würstchen gegrillt und über den Tresen gereicht. Jetzt ist der Laden leer, und sie riecht, als hätte sie in der Fritteuse gebadet.

„Wer jetzt noch kommt, hat kein Zuhause", erklärt Helene laut, stellt den Grill auf die kleinste Heizstufe und packt sich ein paar Pommes auf einen Pappteller. „Wer Hunger hat, macht echt viel mit", redet sie sich das Essen schön und will sich gerade die erste Fritte in den Mund stecken. Schwungvoll öffnet sich die Tür der Imbissbude. Zwei Frauen in Individualkonfektion betreten erwartungsvoll den Imbiss.

„Wir haben gehört, dass man bei Ihnen was zu essen bekommt."

„Was sich so alles rumspricht", antwortet Helene ungerührt und isst weiter ihre Pommes.

Die beiden Frauen sehen sich fragend an, wollen sich die gute Laune aber nicht verderben lassen. „Viel los ist hier ja nicht", stellt Jennifer fest. Sie trägt ein sportliches Outfit, ihre Figur lässt aber keine Stadionatmosphäre aufkommen. Mitleidsvoll bleibt ihr Blick auf Helene hängen.

„Kommen Sie zu uns an den Tisch, oder werden wir bedient?", fragt Jana und hofft, dass ihr Scherz von der Freundin verstanden wird. Währenddessen zwängt sie ihren leicht übergewichtigen Körper wie bei einem Tetris-Spiel zwischen Bank und Tisch, die beide am Boden fixiert sind.

Gleichgültig isst Helene ihre Pommes weiter. „Bestellungen werden an der Theke aufgenommen. Was es gibt, verrät die Wand, und wem Worte nichts sagen, der hat die Chance, sich an bunten Bildern zu orientieren."

„Sie würde ich jetzt nicht unbedingt für *Deutschland sucht den Superkellner* vorschlagen. Sie brauchen sich nicht zu wundern, wenn Sie keine Kundschaft haben!"

„Sie sind doch da. Außerdem ist die *Tagesschau* vorbei. Wer ein Zuhause hat, der sieht sich jetzt den Spielfilm an."

Jana, die sich wieder aus der Enge zwischen Holzbank und Tisch herausschiebt, sieht jetzt nachdenklich aus. Sie tritt an den Tresen heran, um sich über das Angebot in Helenes Imbiss zu informieren. Jennifer steht bereits und wartet mit dem Gesichtsausdruck einer Richterin auf Helenes Aufmerksamkeit.

„Bin schon da." Helene hat ihre Portion Pommes

aufgegessen und wirft die Pappe gezielt in den Mülleimer, Treffer. „Was soll es denn sein?"

„Ich nehme eine Portion Pommes und eine Currywurst", verlangt Jennifer energisch.

Jana: „Ich glaube, ich nehme das Gleiche."

„Ich *weiß*, dass ich das Gleiche nehme", mischt sich eine dunkle Stimme aus dem Hintergrund ein. Wie die beiden Kundinnen sieht auch Helene überrascht auf. Aus einem jungenhaften Gesicht strahlt sie ein schelmisches Lächeln an. Die Kleidung des Mannes trotzt mit einer nächtlichen Eleganz jedweder Konvention.

Helene dreht den Grill wieder hoch und macht sich an die Arbeit.

„Du musst warten. Die zwei Ladys sind schon ziemlich lange hier."

„Warten macht mir nichts aus. Für diese Frauen ist so ein Essen sicher auch viel wichtiger."

„Was wollen Sie denn damit sagen?", empört sich Jennifer.

„Na, sicherlich sind Sie hungriger als ich, weil Sie ein so aufregendes Leben führen."

Jennifer mustert den Mann mit einem konsternierten Blick. „Das wollen Sie wissen?"

„Sie sind mir aber ein ganz Ausgekochter", kokettiert Jana anerkennend, während beide mit ihrer

Portion Fritten und Currywurst wieder am Tisch Platz nehmen.

„Ja, vor Ihnen steht der ultimative Gewinner", gibt der junge Mann aus tiefster Überzeugung zu verstehen.

„Sie sind ein Gewinner? Dann bin ich die Reinkarnation von Lady Di." Mit möglichst eleganten Bewegungen schiebt Jennifer eine Fritte in ihren Mund. „Ich schätze mal eher, Sie wollen uns über den Tisch ziehen und ausnehmen wie eine diebische Elster."

„Ich bin in der Mission der Liebe unterwegs. Wenn ich Ihnen etwas stehle, dann höchstens Ihr Herz."

„Das haben Sie aber schön gesagt", begeistert sich Jana, die Pummelige. „Wollen Sie uns nicht ein bisschen Gesellschaft leisten?"

Helene übergibt dem Mann die bestellte Portion.

Großherzig geht er auf Janas Vorschlag ein. „Mit dem größten Vergnügen."

Scherzend warnt Helene: „Vorsicht, er ist ein Heiratsschwindler!"

„Dafür ist er nicht vertrauenswürdig genug", kommentiert Jennifer und macht sich über die Currywurst her. „Das sieht man doch, dass der nur die Klamotten hat, die er am Leibe trägt!"

„Du wirst nie einen Mann bekommen, wenn du immer so materiell denkst." Jana ist von ihrer Freundin enttäuscht. „Mir würden Sie jedenfalls eine Freude machen, wenn Sie mit mir essen."

Der Mann setzt sich zu den beiden Frauen und versucht, seine neue Freundin zu trösten. „Ja, und siehst du, wir können uns ergänzen. Bei dir ist Mayo auf dem Teller und bei mir Ketchup, da haben wir beide etwas Abwechslung."

Mit verschwörerischer Miene erklärt Jana ihm: „Und egal was passiert, du musst auch nicht mit den Fingern essen. Ich habe noch einen Spieker für die Currywurst da. Ich habe einfach einen mehr mitgenommen."

„Du bist Hellseherin und hast unsere Begegnung vorhergesehen."

Das Lachen der Frau steigert sich in ein erfülltes Gequieke. „Nein, das mache ich immer so!"

„Essen ist der Sex des Alters", kommentiert Helene die lustvollen Laute.

„Du wirst mich doch nicht sitzenlassen", argwöhnt Jennifer.

Der Mann gießt Öl ins Feuer: „Sie hat eine angenehme Fülle, Ihre Freundin."

Gekränkt krächzt Jennifer: „Bei meiner Figur erraten Sie nie, wie alt ich bin."

Helene versucht, sie zu beruhigen. „Ärgern Sie sich doch nicht. Bei dem, was die zwei essen, ist das doch sowieso nur ein One-Night-Stand."

„Am besten, du zahlst noch seine Rechnung", wendet sich Jennifer mit verständnislosem Blick wieder an ihre Freundin.

„Also, mir schmeckt es, und ich habe Spaß dabei." Jana lässt sich ihre gute Laune nicht verderben. „Wenn du noch von meinen Pommes willst, kannst du dich gerne bedienen", sagt sie zu ihrem neuen Freund und lässt Jennifer links liegen.

„Na gut. Ich kann ja gehen." Jennifer ist ernsthaft gekränkt.

Der Held der Liebe versucht, die beiden zu versöhnen. „Nun seien Sie doch nicht so. Wir können unser Essen doch auch zu dritt genießen."

„Genau", mischt sich Helene wieder in das Gespräch, während sie anfängt, den Grill zu putzen. „Ein flotter Dreier bringt Abwechslung, und man muss nicht einmal groß seine Gewohnheiten ändern."

„Na, wenn Sie meinen", lenkt Jennifer ein und greift wieder zu ihren Fritten.

Auch Jana redet jetzt versöhnlich auf sie ein: „Ja, und wenn wir uns gut verstehen, können wir ja vielleicht noch gemeinsam feiern. Heute oder irgendwann." Dabei sieht sie fragend zu ihrem Freund herüber in der Hoffnung, ihn richtig verstanden zu haben.

„Sicher, feiern kann nicht schaden", bestätigt dieser. „Partys sind sozusagen mein Arbeitsfeld. Eine Party, bei der ich erscheine, kann einfach nur gelingen!"

Nur Helene bemerkt, dass der Held der Liebe seine Pommes jetzt in einem schnelleren Takt in den Mund schiebt.

„Au ja!" Jana ist voller Vorfreude. „Ich weiß auch schon, wann wir ihn einladen können. Deine nächste Tupperparty hat doch schon einen Termin, oder?", fragt sie Jennifer.

„Denkst du?", überlegt diese immer noch misstrauisch. „Schlecht sieht er ja nicht aus. Wenn er sich ordentliche Kleidung zulegt ... Die anderen Frauen hätten schon ihren Spaß mit ihm."

„Dann sieh doch gleich einmal in deinem Terminkalender nach, wann der nächste Termin ist! — Es sind immer richtig gute Abende, diese Partys", berichtet Jana ihrem neuen Freund.

Dieser sagt nichts, aber sein Lächeln verrät, dass er gläubig zuhört.

Jennifer kramt in ihrer Tasche. „Na, dann werde ich mal nachsehen. Vielleicht habe ich auch noch eine Visitenkarte dabei." Als sie ihren Terminkalender herausholt, fällt ihr Kugelschreiber unter den

Tisch. Die zwei Frauen lachen versöhnlich und verschwinden wetteifernd unter dem Tisch, um das verlorengegangene Utensil wieder zu bergen.

Unter dem Tisch hervor verkündet Jennifer triumphierend: „Ich hab ihn."

Kichernd tauchen die beiden wieder auf und werden todernst, als sie bemerken, dass ihr neuer Freund sie und den Imbiss ohne ein Wort des Grußes verlassen hat.

„Sie können diesen Mann doch nicht einfach so gehen lassen!", ruft Jennifer empört Helene zu. Diese hat bis eben den Grill geputzt und dreht sich erstaunt um. „Der hat superleise Sohlen gehabt", stellt sie fest.

Jana kann ihre Enttäuschung nicht verbergen. „Wieder nur ein Quickie. Und ich hatte gedacht, wenigstens dieser wüsste ein Frühstück zu schätzen."

„Und die Zeche hat er geprellt. Sie müssen doch aufpassen, dass Ihre Kundschaft zahlt, bevor sie verschwindet!", empört sich Jennifer weiter.

„Kann ich Ihnen ja in Rechnung stellen."

„So weit wird es noch kommen! Es war mir doch gleich klar, dass dieser Kerl nur ausgehalten werden will."

„Ach, vergessen Sie ihn. Bezahlen Sie Ihre Bestellung, und seine Rechnung schreibe ich unter Verluste ab. Diebstahl ist da einkalkuliert."

„Ich soll ihn vergessen? Er war doch mein Freund!", schnieft Jana kläglich.

„Ich hab dich ja gleich vor ihm gewarnt", antwortet Jennifer mit wissender Stimme. „Aber du solltest ihn nicht vergessen! Eine Lehre sollte dir das sein!"

„Was müssen *Sie* denn noch lernen?", mischt sich erneut eine dunkle Stimme ein, noch männlicher als die des Helden der Liebe.

„Ach, vergessen wir einfach, was war." Fasziniert mustert Jennifer die stattliche Erscheinung des Mannes.

„Ich habe überhaupt keinen Hunger mehr", lässt sich Jana kläglich vernehmen, während sie in den Resten auf ihrem Pappteller herumstochert.

„So, wie Sie aussehen, können Sie die Qualitäten einer Frau sehr gut erkennen und schätzen", geht Jennifer auf den fremden Mann ein und dabei langsam auf ihn zu.

„Da haben Sie Glück. Ich schätze wirklich Frauen mit Qualitäten."

„Er hat Recht", lässt Helene sich vernehmen. „Er kommt öfter bei mir vorbei."

„Ich will Ihre in Fett gebadeten Vorzüge nicht in Frage stellen, aber ich versichere Ihnen", mit diesen

Worten kommt Jennifer dem Mann verführerisch nah, „bei mir werden all Ihre Sinne verwöhnt."

„Wenn Sie Single sind, trifft sich das gut", antwortet der Mann mit einfühlsamer Stimme.

„Oh, ein Mann mit Charakter!" Anerkennend sieht sie zu ihm auf. „Natürlich bin ich Single, oder denken Sie, ich wäre sonst mit meiner Freundin unterwegs?" Mit einer Kopfbewegung deutet sie zum Tisch, an dem Jana trübsinnig die Reste ihrer Pommes betrachtet.

„Auch Ihrer Freundin kann ich ein wenig Spaß garantieren."

„Wie meinen Sie denn das?"

„Ich bin Casting-Agent und gerade auf der Suche nach Singles für eine neue Fernsehshow, in der diese sich näherkommen können, indem sie ihr Talent beweisen."

„Endlich mal eine Gelegenheit, jemanden kennenzulernen." Jennifer hängt an den Lippen des Mannes.

„Wir stellen da gerade eine neue, sehr interessante Gruppe von netten Leuten zusammen. Ihre Freundin würde da auch gut reinpassen."

Des Sieges gewiss, sucht Jennifer bei ihrer Freundin Zustimmung. „Das hört sich ja aufregend an, da will ich auch mitmachen! Gemeinsam werden wir uns die besten Lover angeln. Stimmt's?"

Immer noch schmollend erwidert Jana: „Ach, die wollen doch sowieso alle nur das eine. Sich durchfuttern und dann verschwinden."

„Du musst doch jetzt nicht diesen Versager von vorhin verallgemeinern. Vergiss ihn! Wenn dieser Kenner castet, können uns nur Gewinner in den Schoß fallen." Jennifer heftet ihren Blick wieder an den des Mannes.

„Kann ich euch alles garantieren. Es gibt eine Gebühr für das Casting, sozusagen ein Startgeld, damit die Versager gleich von vornherein ausgeschlossen werden."

„Ich will ja nicht behaupten, dass ich so etwas nötig hätte, aber wie hoch soll diese Gebühr denn sein?", erkundigt sich Jennifer.

„Hundert Euro pro Person."

„Das ist ja nicht gerade wenig", ertönt Jana vom Tisch.

„Verlierer sind ausgeschlossen", erklärt Jennifer gereizt. „Du hast doch vorhin erst Geld abgehoben. Gib schon her, du wirst es nicht bereuen!"

Widerwillig holt Jana ihr Portemonnaie aus der Tasche und reicht ihrer Freundin zwei Geldscheine.

„Mehr habe ich nicht."

„Das reicht." Aufgeregt übergibt Jennifer dem Mann das Geld. „Wann gehen wir denn zum Studio?"

„Ihr zwei Tollen sofort. Ihr müsst noch in die Maske. Die Dreharbeiten sind am Abend, das macht die Sache authentischer."

„Und du?"

„Ich esse noch schnell etwas. Ich wusste ja nicht, dass ich *euch* hier treffen würde. Aber im Studio warten sie nicht." Mit unleserlicher Schrift schreibt er ihnen eine Adresse auf einen Zettel.

„Wir müssen los", redet Jennifer, plötzlich in Eile, auf Jana ein, „und mach endlich ein anderes Gesicht! Gewinner lieben den Sonnenschein."

Die beiden Frauen machen sich auf den Weg.

Der Mann geht zu Helene, die gerade mit dem Putzen des Grills und des Tresens fertig geworden ist. Zufrieden stellt sie fest: „Bei mir gibt es *nichts* mehr."

„Das trifft sich gut. Ich wollte fragen, ob wir noch weitergehen."

„Du bist eben gerade schon weit genug gegangen."

„Anders wäre ich die nicht losgeworden. Wie war dein erster Tag? Noch mehr so aufregende Kundschaft?"

„Ging so. Ehrlich gesagt, ich glaube nicht, dass es was Längeres wird."

„Kann ich verstehen. Du musst ja auch nicht weitermachen."

„Darüber habe ich auch schon nachgedacht."

„Und, schon entschieden?"

„Ich schau mal nach, was in der Kasse ist. Brauch ich nicht noch mal extra herzukommen, um mich auszahlen zu lassen."

Beim Öffnen der Schublade lässt die Kasse ihr Rattern erklingen.

„Und, reicht es?"

„Kann man als Lohn akzeptieren."

„Dann ist doch alles in Ordnung."

„Siehst du so. Ich muss wieder überlegen, was jetzt aus mir werden soll."

„Ach, Helene, wenn ich dich nicht hätte!"

Stromausfall

„Es ist nichts mehr los hier!" Gelangweilt ließ Klaus sich auf das Sofa in der Küche seiner Wohngemeinschaft fallen.

„Das kannst du so nicht sagen. Friedrichshain boomt doch gerade, der ganze Kiez ist eine Kneipe — oder auch ein Club, wie man die modernen Läden heute nennt", versuchte Berta ihn aufzubauen.

„Ich weiß auch nicht, wo die Leute das Geld herhaben, die Läden sind voll. Aber bei denen jedes Wochenende den Bär toben lassen, das wäre mein Ruin. Wenn sie mich überhaupt reinlassen."

„Man erkennt ja auch schon an deinen Klamotten, dass du einen Beruf hast, der keine Zukunft verspricht."

„Steht ja jetzt alles im Internet, was man wissen muss. Wozu dann noch den Kopf zerbrechen über Dinge, die wir nur vermuten, aber nicht beweisen können, weil die Realität den Konjunktiv als etwas Unmögliches darstellt."

„Das hört sich ja an, als ob du ein Märchenerzähler wärst und das Internet die nackte Wahrheit verkündet."

„Du weißt, dass ich Philosoph bin. Solche Leute werden nicht mehr gebraucht, unter anderem weil das

World Wide Web den neuen Realismus verkörpert. Das hat aber mit Wahrheit nicht so viel zu tun."

„Na, mir kannst du weiter deine Märchen erzählen. Mir ist das lieber als mit diesem Computer nach vereinsamten Gesprächspartnern zu suchen", beruhigte Berta ihren Mitbewohner mitfühlend, wusste aber, dass es für sie keinen Weg mehr gab, ohne diesen angeblich so kommunikationsfördernden Automaten zurechtzukommen. Ihre Sachbearbeiterin beim Jobcenter hatte ihr angedroht, ihr nach der nächsten MAE einen Fortbildungskurs für ein paar Computerprogramme aufzubrummen. „Sie haben den Anschluss verloren", hatte ihr die Frau hinter dem Schreibtisch zu verstehen gegeben.

Berta hatte dieses Gefühl auch, aber eher, weil sie kein Geld besaß, um sich in das Leben der Stadt zu stürzen, nicht weil sie kein Bedürfnis verspürte, Stunden hinter einem Monitor zu verbringen.

„Wenn ich Märchen erzählen würde, hätte ich wohl mehr Zuhörer. Ich glaube, dieses Volk hier ist sehr empfänglich für Geschichten dieser Art."

„In was für eine Debatte seid ihr denn gerade verstrickt?" Sver. hatte die Küche betreten und sah hungrig in den Kühlschrank.

„Wir überlegen, wer mehr Märchen erzählt, Klaus als Philosoph oder das Internet", erklärte Berta dem dritten Mitglied ihrer WG. Allerdings hat Berta das Gefühl, dass Sven nicht richtig zuhörte.

„Es wäre ein traumhaftes Märchen, wenn jetzt etwas zu essen im Kühlschrank wäre. War denn niemand einkaufen?"

„Monatsende. Aber es sind noch Tomaten und Nudeln da. Wenn du Zeit hast, mache ich eine Pasta", antwortete Berta warmherzig. Sie liebte es, wenn ihre WG komplett zusammensaß. So oft kam das nicht vor, aber ihre Wohnbrüder, wie sie Klaus und Sven liebevoll nannte, hatten dann immer ein offenes Ohr für sie. Dafür revanchierte sie sich gerne, indem sie sie auch mal bemutterte.

Mit einem strahlenden Lächeln nahm Sven Bertas Einladung an. Jetzt konnte er sich auch auf ihr Gespräch konzentrieren.

„Ich würde sagen, es sind die Politiker, die die größten Märchenerzähler sind. Im Internet ist es wie im richtigen Leben. Es gibt solche und solche."

„Diese Tomaten sind auch so ein Märchen", warf Klaus vom Sofa her ein, während er beobachtete, wie Berta aus dem Kühlschrank eine Schale mit den roten Früchten herausholte. „Angeblich sind die Bio, aber die liegen schon seit drei Wochen im Kühlschrank, ohne dass sie die geringste Veränderung zeigen. Weder in der Farbe noch in ihrer Konsistenz."

„Wahrscheinlich sind die genmanipuliert und gehen als Bio durch, weil die Pflanzen keine Pestizide mehr benötigen."

„So was muss sich doch beweisen lassen!", warf Berta empört ein, während sie die Nudeln ins kochende Wasser tat.

„Darüber steht sicher etwas im Internet auf irgend so einer Ökoseite", überlegte Sven. Er war der Computerspezialist in ihrer WG, in diesem virtuellen Universum kannte er sich gut aus.

„Vielleicht sollten wir uns lieber vorher informieren, bevor wir noch mal dieses überteuerte Gemüse kaufen." Berta fand diese Möglichkeit durchaus praktisch.

„Das kannst du gerne machen", gab Klaus vergnügt zu verstehen. Berta konnte nicht mit Sicherheit sagen, ob er die Idee überflüssig oder gut fand.

„Hättest auf jeden Fall einen Grund, an den Computer ranzugehen", kommentierte Sven Bertas Vorhaben.

„Eigentlich ist das ja deine Welt." Manchmal fand Berta, dass es immer weniger Unterschiede zwischen Männern und Frauen gab. Keiner war mehr auf die gute Seite des anderen angewiesen, also gab es diese Seite auch nicht mehr. Mit Sven und Klaus war es etwas anderes. „Man muss sich doch auch woanders informieren können!"

„Kannst du im Internet nachsehen, dann könntest du aber auch gleich noch nachsehen, was dieses Wochenende in der Stadt so los ist!", versuchte Klaus Berta anzuspornen. Diese stellte die Nudeln und die Tomatensoße auf den Tisch.

„Jetzt wird erst einmal gegessen", sagte sie entschieden, als würden sich durch diese Geste ungeahnte Möglichkeiten eröffnen.

„Du hast Recht. Ohne Moos sowieso nichts los, nur essen will man trotzdem", bemerkte Klaus und konzentrierte sich darauf, die richtige Menge Spagetti auf seinen Teller zu hangeln.

„Es gab Zeiten, da hast du was losgemacht und hast nicht gewartet, bis dir jemand das Bier serviert", bemerkte Sven und betrachtete die Tomatensoße mit einem forschendem Blick, als würde sie dadurch ihre chemische Zusammensetzung preisgeben. Dann redete er weiter auf Klaus ein. „Ich weiß überhaupt nicht was du willst. Es ist gerade Retrozeit, da kann jeder im Jahrzehnt seiner Wahl, die Freizeit verbringen. Besinne dich auf deine Jugend dann findet sich ja vielleicht was." Klaus schien nicht zu zuhören. Es sieht aus, als ob er ganz mit seinem Essen beschäftigt wäre. Zufrieden angelte Klaus die

Nudeln von seinem Teller.

„Kannst du gut kochen! Schmeckt überhaupt nicht genmanipuliert." nach einer Weile setzt er hinzu, „Wenn alles schiefläuft, eröffne ich mit dir einen Catering-Service."

„Das würdest du tun?" Berta war gerührt und überlegte, ob ihre Zukunft vielleicht doch an diesem Abend beginnen würde.

„Wenn nicht, kannst du ja virtuelle Köchin werden", erklärte Sven, jetzt mit wesentlich besserer Laune. „Da gibt es einige Portale, in denen du deine Kochkünste zum Besten geben kannst."

Berta war irritiert. „Jetzt erzählst du aber Märchen. Wie soll ich denn denen die Suppe servieren?"

„Tja, das Geheimnis musst du schon selber herausfinden." Sven hatte seinen Teller geleert. „Leute, es ist schön mit euch, aber die Arbeit ruft." Mit diesen Worten erhob er sich vom Tisch und verschwand wieder in seinem Zimmer. Berta und Klaus sahen Sven hinterher dann fragte Berta, ob Klaus noch etwas essen wollte. Während sie seinen Teller noch einmal füllte, überlegte sie laut, „So kenne ich Sven eigentlich nicht, so forsch und antreibend. Der tut ja gerade so, als wäre der Weg vorgegeben wenn man nur richtig will."

Klaus überlegt einen Moment, „Vielleicht hat er ja Recht und wir müssen uns nur ein bisschen an der Realität orientieren. Bei so vielen Touristen, sollte das Geld doch eigentlich auf der Straße liegen."

Einige Wochen später waren alle WG-Mitglieder von neuem Leben erfüllt. Der Abend ihrer Zusammenkunft begann Früchte zu tragen. Berta war damit beschäftigt, eine eigene Kreation von Frühlingsrollen herzustellen, und Klaus war seit Tagen gänzlich verschwunden.

Immer wieder versuchte Sven, von Berta zu erfahren, wo Klaus sich aufhielt. Nach einigem Nerven und Drängen verriet sie ihm, wo er zu finden war, und erklärte, er solle schon einmal vorgehen, sie würde dann später nachkommen. Als es anfing, dunkel zu werden, ging Sven los und stand bald vor der von Berta genannten Adresse. Es war ein leer stehendes Haus. Wütend über den Spaß, den Berta sich mit ihm erlaubt hatte, wollte er gerade gehen, da bemerkte er, dass aus dem Keller ein Licht seine Schatten warf.

Sven staunte nicht schlecht, als er in den Gewölben des Kellers stand. Die Beleuchtung ließ Bilder aus Neonfarben an den Wänden erscheinen, und aus einem separaten Raum dröhnten die Klänge einer gestylten Computermusik.

Sven sah Klaus, der mit dem Sortieren von Bierkästen beschäftigt war. Dieser empfing ihn, ohne innezuhalten. „Du bist früh dran, aber Bier gibt es schon."

„Bier wäre nett." Nachdem Sven die Bierflasche wieder abgesetzt hatte, fragte er vorsichtig: „Findest du es nicht etwas kühl und schmuddelig hier?"

„Schmuddelig?! Hier bringt dich die Retrozeit in die Neunziger zurück. Da kann es nicht sauber sein, nicht hier in Berlin. Und warm wird es, wenn der Laden dann voll ist."

„Du meinst, dass hier Gäste kommen? Wann sollen die den kommen?"

„Das kann man so nicht sagen. Benachrichtigt sind sie alle, aber heutzutage gehen die Partys ja erst nach Mitternacht los. Es ist eben nur die Retrozeit."

„Na, wenigstens stimmt die Musik. Sollte sich jemand hierher verirren, stehen die Chancen ganz gut, dass er bleibt."

Einige Stunden später, Klaus und Sven hatten schon einige geleerte Bierflaschen vor sich auf dem Tresen stehen, saßen sie noch immer alleine in dem Keller und starrten gebannt auf die Tür. Sie blieb beharrlich verschlossen.

„Ich verstehe überhaupt nicht, wieso niemand kommt."

Klaus' Stimme konnte seine aufsteigende Resignation nicht mehr verbergen.

„Dass nicht einmal Berta vorbeischaut! Sie hatte extra betont, dass sie nachkommen würde. Na, wenigstens ist der Biernachschub gesichert", versuchte Sven, Klaus aufzumuntern, und öffnete sich zwei weitere Biere.

„Sei mal still! Ich glaube, da kommt jemand." Eine plötzliche Unruhe ließ Klaus wieder wach und nüchtern werden. Gebannt sahen die zwei zur Tür und beobachteten, wie sich zaghaft die Klinke bewegte. Langsam öffnete sich die Tür, aber Klaus und Sven hatten nicht mehr die Möglichkeit, ihren ersten Gast zu begrüßen. Die Musik verstummte plötzlich, und die beiden Freunde saßen im Dunkel.

„Hallo, ist hier jemand? Mann, ist das aber dunkel hier."

„Das war eben noch anders", antwortete Klaus kläglich. Er hatte Bertas Stimme sofort erkannt, konnte aber nicht weiter auf sie eingehen, da er den Eindruck hatte, auf der Stelle krank werden zu müssen oder wenigstens depressiv.

„Habt ihr denn keine Kerzen da?" Bertas Augen hatten sich an die Dunkelheit gewöhnt, und sie konnte jetzt schemenhaft erkennen, dass ihre beiden Wahlbrüder alleine waren.

„He, Klaus, ein Sicherungskasten wäre auch nicht schlecht!", versuchte Sven, die Lage zu retten.

„Sicherungen gibt es hier nicht. Ich habe eine Leitung zum Nebenhaus rübergelegt. Es sollten doch die Neunziger sein.", antwortete Klaus monoton. Er war den Tränen nahe, entschloss sich dann aber, noch ein neues Bier aufzumachen.

„Dann hat sicher ein Nachbar den Stromklau bemerkt", sagte Sven zuversichtlich. „Ich werde mal nachsehen."

„Wieso ist es eigentlich so leer hier?", fragte Berta und war froh, dass sie Klaus' enttäuschtes Gesicht nicht sehen musste.

„Das sollte ich dich fragen. Du wolltest doch die Einladungen für die Party per E-Mail verschicken."

„Das habe ich. Ich habe sogar Flyer verteilt. Möchte mal wissen, wieso sich hier niemand sehen lässt."

Sven war von seinem Kontrollgang zurückgekehrt. „Also, die Stromleitung steht noch. Aber es ist ringsherum alles merkwürdig dunkel."

„Vielleicht gab es einen Terroranschlag auf Vattenfall", überlegte Klaus und war froh, dass wenigstens sein Organisationstalent nicht versagt hatte.

„Das glaube ich nicht. Eher ist das ein Zeichen des Systemzusammenbruches. Wahrscheinlich ein Versorgungsengpass und Vattenfall ist nur ein Vorreiter."

Die Freunde wollten sich gerade in eine Debatte über Vattenfall vertiefen, da mischte sich Berta wieder in das Gespräch ein. „Also Jungs, ich will euch nicht enttäuschen. Aber einige der Leute, die ich eingeladen hatte, habe ich gerade erst vorhin gesehen."

„Wieso, wo warst du denn? Ich denke, du hast Frühlingsrollen gebacken?"

„Ja, die bin ich auch alle losgeworden." Stolz zeigte sie den leeren Korb, den sie unter ihrem Arm mit sich trug. Nur noch drei ihrer Köstlichkeiten lagen darin.

„Ja, und wo warst du? Ich dachte, du wolltest die Dinger für unsere Party machen."

„Ja, und ich dachte, ich probiere mal aus, ob das auch als Geschäftsidee funktionieren kann. Und da heute die O2-World-Halle eröffnet wurde, bin ich erst mal dahin. Bin auch alles reißend losgeworden, obwohl die noch nicht einmal angefangen hatten."

„Und da hast du unsere Freunde gesehen?"

„Mhm."

„Das ist wohl das Ende der Retrozeit", überlegte Sven.

„In die Neunziger kommen wir so auf jeden Fall nicht zurück." Klaus war wieder der Verzweiflung nahe. „O2, das Zeichen der neuen Ordnung der erkorenen Superlative. Das muss man sich mal überlegen. Wo einst eine blühende Landschaft aus Kellerbars und off Theatern bestand, existiert heute nur noch eine riesige Arena. Fehlt nur noch, daß sie da Gladiatorenkämpfe aufführen."

„Es würde mich nicht wundern, wenn die auch für den Stromausfall verantwortlich sind", sagte Sven und biss genüsslich in eine der übrig gebliebenen Frühlingsrollen. „Wenn mich nicht alles täuscht, spielen bei denen heute Metallica."

„Genau", bestätigte Berta Svens Vermutung. „Die wollten pünktlich um neun Uhr anfangen."

„Na, das kommt doch hin. Jetzt ist es Viertel nach."

„Das ist doch alles nicht zu glauben!", schluchzte Klaus. Mit letzter Kraft biss er in die Frühlingsrolle, die ihm Berta versöhnlich gegeben hatte.

„Na, Hauptsache, das Essen schmeckt." Mit diesen Worten kamen ihm die Tränen, und er versuchte auch nicht erst, sie aufzuhalten.

Die TV-Revolution

Es ist langweilig. Mir ist so langweilig. So ist das, wenn man alles getan hat, was man tun *soll*. Was *will* ich eigentlich? Ist vielleicht nicht der richtige Augenblick, um über so etwas Intimes nachzudenken. Sonst werden einem noch Steine in den Weg gelegt. Also was tun, ohne zu wollen? Na klar, den Fernseher anschalten. Die erzählen einem schon, was machbar und erreichbar ist.

Aha, ein historischer Film läuft, was Russisches, über die letzten Tage des Zaren.

Das kann mir nur recht sein, Ablenkung von meinem bisschen Leben, bei dem alles in Ordnung, solange es sauber ist. Große Ansprüche darf man eben nicht stellen.

Na, da geht's ab, im Film. Das Volk ist verarmt und verkommen. Der Zar will noch mehr von ihnen. Mehr, als die Menschen geben können.

Ist es heute anders? In Russland frieren und hungern sie immer noch. Aber da! Was haben die Massen im Film doch für ein Glück! Da steht der revolutionäre Held und rüttelt sie aus ihrem Alptraum heraus. Er redet von Gerechtigkeit, Menschenwürde und der Macht des Proletariats. Damit kannst du heute niemanden mehr vom Hocker reißen. Er sagt aber auch, dass die Unterdrückten sich nehmen müssen, was ihnen fehlt und ihnen nicht gegeben wird. Wie immer sind das die Werte, das Geld, die Macht.

Heute ist das Proletariat verkommen zu Angestellten und Dienstleistungsunternehmern. Es weiß sich schon lange nicht mehr zur Wehr zu setzen, womit auch? Mit dem Computer als Handwerkszeug kannst du nicht so schnell gefährlich werden. Da musst du schon denken, damit der zur Waffe wird. Die Gewerkschaften haben auch Schiss vor Veränderung. Müssen den Arbeitgebern Zugeständnisse machen, die immer mehr von den mit Blut erkämpften Errungenschaften der schuftenden Schichten dem Vergessen anheimgeben. Von den Arbeitssuchenden wissen sie gar nichts. Würden sonst ihre Gehälter einbüßen. Und wer legt sich schon gerne mit seinem Chef an? So wird das keine Revolution. Da werden Massen gebraucht.

Der im Film kann sie überzeugen. Mit feurigem Blick führt er das Volk auf dem Wege des Aufruhrs. Ach, das müsste ich auch können! Ist vielleicht gar nicht so schwer. Ein Ansatz, der an das Gute im Menschen glauben lässt, und jede Menge Rhetorik. Fehlt nur noch die Lobby, dann kann gar nichts mehr schiefgehen. In welchem Verein hat der Revolutionär auf dem Bildschirm mitgemacht?

Ja, typisch. Gerade wenn es spannend wird, klingelt

das Telefon.

„Hallo? Was soll ich? Auf die Kinder aufpassen? Ja, wann denn? Gleich? Na gut, das kann ich schon machen."

Die Revolution im Fernseher hat ihren Höhepunkt noch nicht erreicht. Für mich ist es aus mit dem Freiheitstraum. Das Grundeinkommen würde als Neuerung auch erst einmal reichen. Mich brauchen sie jetzt für den Friedensdienst. Muss ja alles seine Ordnung haben.

Eine halbe Stunde später bei den Kindern, in der Wohnung meiner Freundin. Diese kommt einfach nicht los. Ist wohl das schlechte Gewissen, das sie am Gehen hindert. Mutti eben.

„Das ist wirklich nett von dir. Ich beeile mich auch. Macht es dir auch wirklich nichts aus?"

„Ja, sonst würde ich es doch nicht tun. Keine Panik, ich komme mit den zwei Gören schon klar."

„Gehen wir auf den Spielplatz?", drängelt das eine Kind.

„Ich will ein Eis", quengelt das andere.

„Ja, machen wir alles", versuche ich die zwei Kleinen mit Worten zu bändigen.

Die Mutti schaltet sich ein.

„Der Spielplatz ist eine gute Idee. Da könntet ihr auch noch schnell in den Supermarkt. Der ist gleich in der Nähe. Wir haben keine Milch mehr. Und Brot brauchen wir auch."

„Okay, wird alles erledigt."

„Ich weiß gar nicht, wie ich dir danken soll. Aber ohne dich würde ich heute wohl meinen Job verlieren. Immer diese Überstunden!"

„Ja, dann geh mal los. Sonst verlierst du den Job trotzdem, und dann seid ihr auf die Almosen vom Staat angewiesen."

„Das sind wir auch jetzt schon. Wer verdient heute schon noch was durch ehrliche Arbeit? Aber du hast recht, ich verschwinde jetzt." Und die Wohnungstür klappt hinter der Mutti zu.

Die beiden Kleinen haben in der Zwischenzeit ein Spielzeug entdeckt, bei dem die Besitzverhältnisse nicht ganz geklärt sind.

„Das gehört mir", höre ich die eine helle Stimme.

„Nein, das habe ich geschenkt bekommen", weiß es die andere besser.

„Könnt ihr damit nicht gemeinsam spielen?", versuche ich den Streit zu schlichten.

Da sind sie sich einig: Das geht nicht. Auf gar keinen Fall. Mit einem ganzheitlichen Lösungsansatz ist da also nicht viel zu erreichen. Hoffentlich gibt sich das im Alter. Ich versuche die Gemüter jetzt erst einmal damit zu beruhigen, dass ich sie an den Spielplatz erinnere. Ich erkläre, dass sie dort auch die besten Möglichkeiten hätten, sich aus dem Weg zu gehen. Die Begeisterung über diese Idee ist schon wieder abgeklungen. Nur unter Murren und leisem Protest sind wir nach einer halben Stunde trotzdem startbereit.

So ein bisschen Führungsqualitäten habe ich doch, überlege ich, als wir in friedlicher Eintracht die Straße zum Spielplatz entlanglaufen.

Auf dem Spielplatz ist richtig was los. Meine zwei Schützlinge lassen sich auch gar nicht erst bitten und mischen sich in das Getümmel der anderen Kinder.

Auf einmal entsteht ein Tumult, als wäre eine Revolte ausgebrochen. Ein etwas größerer Junge will einen meiner Schützlinge partout nicht auf das Karussell lassen.

Ich versuche, den Ausgegrenzten zu beruhigen und mache ihm das Klettergerüst schmackhaft. Nein, das Karussell soll es sein. Ist ja auch noch ein Platz frei. *Da* hat der Kleine recht. Ich sage ihm, er soll seinen Bruder zu Hilfe holen. Ich erzähle ihnen, dass sie gemeinsam unschlagbar sind. Tapfer ziehen die beiden los, und wirklich, sie schaffen es, den freien Platz auf dem Karussell zu besetzen. Der andere lässt sich vergnügt auf dem Gestell mitdrehen. Vielleicht werden sie ja später Freiheitskämpfer oder wenigstens Hausbesetzer.

Etwas später rufe ich zum Aufbruch. Erst bleibt mein Anliegen ungehört, dann treffen mich rügende Blicke. Ich lasse mir aber kein schlechtes Gewissen einreden, sondern weise darauf hin, dass *sie* es waren, die noch ein Eis wollten. Ich bekomme keine Antwort. Trotzdem verabschieden sich die zwei von ihren Spielgefährten und schließen sich mir an, ohne mir weiter Beachtung zu schenken.

Im Supermarkt erkennen sie mich dann wieder. Fragen, ob sie diese Süßigkeit haben dürfen und ob sie jenes Spielzeug mitnehmen können. Ich sage ihnen, dass mein Geld nur für ein Eis reicht. Traurig klingen ihre Stimmen, als sie mir erklären, dass ihre Mutter mit dem gleichen Argument viele ihrer Wünsche unerfüllt ließe.

Ich erinnere mich an den revolutionären Helden aus dem Film. Die zwei Kleinen sind nicht gerade als Masse zu bezeichnen, aber warum sollen sie verzichten, wenn die Umverteilung in dieser Gesellschaft nicht stimmt?

Ich erlaube ihnen, dass sich jeder etwas aus den

Regalen mitnehmen darf. Dann packe ich Brot und Milch in den Einkaufswagen, und zufrieden stellen wir uns an der Kasse an.

Ich bezahle den Wageninhalt, und nachdem alles verpackt ist, wollen wir den Supermarkt verlassen. Da stellt sich uns ein Mann in den Weg, der sich als Detektiv des Marktes zu erkennen gibt. Mit strengem Blick fragt er, was die Kinder in den Händen halten. Ich erkläre ihm mit ruhigem Ton, das wäre Spielzeug, das sie sich verdient hätten. Sie hätten einen anstrengenden Tag gehabt.

Der Detektiv will mich nicht verstehen und sagt, dass ihnen das Spielzeug nur zustehe, wenn es ehrlich erworben und bezahlt werde.

Jetzt will ich den Detektiv nicht verstehen und erkläre ihm, dass mit dieser Einstellung der Supermarkt nicht florieren würde. Es wäre schließlich nicht zu übersehen, dass die Waren in den Regalen völlig überteuert sind.

Gespannt lauschen die Kinder unserer Diskussion. Dem Detektiv fehlen für einen Moment die Worte. Ich nutze die Gelegenheit und fordere die Kinder auf, so schnell wie möglich den Laden zu verlassen. Sofort kommen sie meiner Aufforderung nach. Sie sind eben doch gut erzogen.

Der Detektiv will mich festhalten, aber ich reiße

mich aus seinem Griff los und hole bald die Kleinen wieder ein. Gemeinsam rennen wir durch die Straßen, bis wir in Sicherheit sind. Noch außer Atem fangen wir an zu lachen, und ich nehme den Kleinen das Versprechen ab, dass sie von diesem Vorfall nichts ihrer Mutter erzählen. Ohne zu zögern sagen sie zu. Ich glaube, ich habe doch einen Eindruck hinterlassen, und bin stolz auf meine kleinen Revolutionäre.

Das Nummerngirl

„Nummer 537, bitte."
„Entschuldigen Sie, ich war jetzt an der Reihe."
„Welche Nummer haben Sie denn?"
„Ich habe keine Nummer, aber ich bin jetzt an der Reihe."
„Ohne Nummer kann ich Sie nicht aufrufen. Was glauben Sie, wer Sie sind?"
„Da kann ich Ihnen meinen Namen sagen, und Sie rufen mich namentlich auf. Es reicht auch, wenn Sie nur den Nachnamen sagen."
„Nein, Sie ziehen eine Nummer, oder Ihr Fall kann nicht bearbeitet werden."
Und das, nachdem ich schon anderthalb Stunden gewartet habe. Aber es ist wichtig, ich bin dazu schriftlich aufgefordert worden. Also ziehe ich eine Nummer, damit ich als Wartende nicht verloren gehe. Und warte noch mal zwei Stunden. Beim Finanzamt Ich soll meine Identifikationsnummer in Empfang nehmen. Ich weiß nicht genau, wozu ich diese Nummer brauche. Die Frau hinter dem Schreibtisch, die mich nur als Nummer wahrnehmen kann, klärt mich auf.
„Diese Nummer brauchen Sie, damit wir besser über Sie Bescheid wissen."

„Ich werde sicher keine hundert Jahre alt, damit der Bürgermeister mir gratulieren kommen kann."

„Dafür sind wir nicht zuständig. Aber selbst wenn Sie morgen sterben: Diese Nummer wird noch zwanzig Jahre nach Ihrem Ableben über Sie berichten. Und im Vertrauen, Sie sind doch auch für soziale Gerechtigkeit."

„Ach, Sie meinen, Sie wollen mich besser kontrollieren."

„Also, wenn Sie wollen, dass Geld in die Staatskassen kommt, müssen auch Sie Steuern zahlen."

„Aber das tue ich doch", antworte ich misstrauisch, da ich mich im Moment, getroffen von Arbeitslosigkeit, nur an der Mehrwertsteuer beteiligen kann. Ich verweigere mich dem Gedanken, es könne an meiner scheinbaren Untätigkeit liegen, dass kein Geld in den Staatskassen ist. Da erscheint es mir wahrscheinlicher, dass sie für einen neuen Industriezweig Subventionen freigeben wollen. Auto-, Flugzeug-, Bauindustrie, alles Märkte, die dank dem Staat nicht pleitegehen können. Es könnte natürlich auch sein, dass Arbeitslosigkeit jetzt als Steuerhinterziehung angesehen wird.

Die Frau hinter dem Schreibtisch redet mit mir in einem Tonfall, der wohl beruhigend wirkend soll.

„Wenn Sie sich nichts zuschulden kommen lassen, werden Sie die Neuerungen überhaupt nicht bemerken. Wir gleichen die Daten ja nur mit der Meldestelle ab. Niemand, egal ob reich oder arm, soll die Möglichkeit haben, den Staat zu hintergehen."

Ein Mensch ohne Einkommen hat selten die Gelegenheit, den Staat zu hintergehen. Muss ich mich also bloßstellen, weil die Bestverdienenden sonst vergessen, dass sie nicht allein auf der Welt sind?

„Und als Nächstes muss ich einen Ideologietest ablegen, damit der Staat sich nicht betrogen fühlt?", werfe ich meine Bedenken ein. Bisher wurde so ein Datenabgleich nur bei einem Kriminalitätsverdacht unternommen.

„Die Zeiten ändern sich eben und das Volk auch", antwortet die Frau, ohne zu zögern. „Das Volk verarmt und verwahrlost, da können wir nicht erwarten, dass jeder weiß, was Recht und Ordnung heißt."

„Dabei waren die Gesetze nie so ausführlich wie heute."

„Sie sollten froh sein, dass unser Sozialsystem noch funktioniert, obwohl wir bisher Karteileichen berücksichtigt haben."

Ist schon komisch. Betrüger haben keine Chance mehr. Aber der brave Bürger verarmt, und es geht ihm immer schlechter.

„Soll ich Ihnen mal vorrechnen, wie viel mir im Monat zum Leben bleibt?"

„Also mal ehrlich, wer redet denn von Ihnen? Wenn Sie wollen, dass Sie im Gespräch sind, sollten Sie sich mindestens zur Wirtschafts-Identifikationsnummer rauf arbeiten."

„Wie soll das denn gehen?"

„Eröffnen Sie ein Geschäft, oder lassen Sie sich irgendetwas anderes Gewinnbringendes einfallen."

„So eine Idee hatte ich auch schon. Aber da bräuchte ich erst einmal eine Bank, die mich kreditwürdig findet."

„Ach was, Sie brauchen eine gute Geschäftsidee. Sie müssen *die* Marktlücke entdecken. Den Leuten etwas anbieten, was noch nie da war."

Das ist nicht so einfach in Zeiten, in denen Schokolade nach Chili schmeckt und der Tourismus den Weg ins All gefunden hat. Ich komme aber nicht dazu, der Frau meine Bedenken mitzuteilen. Eifrig belehrt sie mich weiter.

„Sie können auch die Stadt verlassen. Die Nummer und alles, was wir über Sie wissen, wird Ihnen überallhin folgen."

Dann kann ich wohl nicht mehr verloren gehen und frage, was das noch mit Demokratie zu tun hat. Für die DDR haben Überwachungsaktivitäten dieser Art den Untergang bedeutet.

„Sonst beschweren sich immer alle, dass der bürokratische Aufwand so immens sei. Einfacher kann man die Bürokratie jetzt nun wirklich nicht machen."

„Dafür wird der Verwaltungsaufwand beim Gesundheitsfonds umso umfangreicher werden. Und alles nur, damit die Gelder für die Krankenkassen zentral vom Staat vergeben werden können."

„Sie sollten jedenfalls froh sein. Sie brauchen sich nur noch eine Nummer zu merken, ob Sie nun zur Meldestelle oder hierher gehen. Noch einfacher wird es, wenn die anderen Ämter auch Zugriff auf diese Daten bekommen", teilt mir die Frau mit frühlingshafter Stimme ihre Visionen mit.

Ade Datenschutz, ade geschützte Privatsphäre, denke ich, höre auf, mit der Frau zu diskutieren, und verlasse das Gebäude des Finanzamtes.

Die letzten Sätze der Frau hinter dem Schreibtisch hallen in meinem Kopf wider. Als wenn ich mir je eine Nummer gemerkt hätte, die bisher mein Leben verwaltet hat. Ich muss aufpassen, dass ich nicht vor ein Auto laufe.

Mir darf also kein Fehler mehr unterlaufen. Und das bei dem Wust von Steuererklärungen jedes Jahr. Macht man etwas falsch, könnte man schnell als Kriminell entlarvt werden. Und die bei der Meldestelle wissen dann auch sofort, was für eine Übeltäterin ich bin.

Das wird in den Akten vermerkt. Das werden wir nicht vergessen, dass Sie Ihre Wohnung illegal besetzt haben. Mit diesen Worten entließ mich einst die Sachbearbeiterin der Kommunalen Wohnungsverwaltung Friedrichshain, in den Zeiten, als die DDR noch als Auslaufmodell existierte. Immerhin entließ sie mich mit Mietvertrag. Die Akten der heutigen Ämter werden uns noch länger begleiten.

Holt uns also jetzt die Gängelung des Ostens wieder ein? Schließlich gab es da auch so etwas wie die Identifikationsnummer. Personenkennzahl nannte man damals dieses Kontrollelement. Der untrügerische Beweis, dass man existieren musste, egal wie tot man sich fühlte.

Ich beschließe, mit der S-Bahn nach Hause zu fahren. Am Bahnhof Tempelhof steige ich ein. Ich fühle mich erschöpft und kühle meinen Kopf an der Glasscheibe des Fensters. Die Türen der Bahn schließen sich, und die Räder lassen beruhigend ihre ratternde Melodie erklingen.

„Ihre Nummer bitte", höre ich schon wieder. Ich weiß auf Anhieb nicht, welche Nummer gemeint ist.

„Die müsste in Ihrem Computer stehen", versuche ich von meiner Unwissenheit abzulenken. Selbst im Zug muss ich jetzt wissen, welche Zahlenkombination mein Wesen verrät.

„Ohne Nummer sind Sie nicht fahrberechtigt. Es könnte ja sein, dass Sie schon als Schwarzfahrer aufgefallen sind. Es wird nichts vergessen."

„Dabei wollte ich nur zum nächsten Amt, einen neuen Antrag stellen, damit ich mir ein Ticket leisten kann", lüge ich in der Hoffnung auf Milde seitens des Schaffners.

„Auf diesem Wege kommen Sie aber zu keinem Amt. Das Zentralamt liegt genau in entgegengesetzter Richtung. Also, wenn Sie mir die Zahlenkombination Ihres Zielbahnhofs nennen, werde ich noch mal ein Auge zudrücken und Ihre Fahrt nachträglich in Ihrem Datenspeicher vermerken."

Ich sehe aus dem Fenster. Der Weg der Bahn ist nicht wie gewöhnlich in die Schlucht aus Häuserzeilen gebettet, deren Dächer konkurrierend in den Himmel ragen. Im Gegenteil, zwischen dichten Bäumen schweift der Blick immer wieder in die Weite der Landschaft. Keine Berge, die mit Spannung, den Blick auf das nächste Tal erwarten lassen. Keine Seen, die den Himmel widerspiegeln. Ohne Frage, ich fahre durch das Brandenburger Land, und ich habe keine Ahnung, wie der nächste Bahnhof heißen könnte.

„Ich muss in einen falschen Zug eingestiegen sein", versuche ich dem Kontrolleur meine Desorientierung zu erklären.

„Diese Ausrede höre ich öfter. Ich muss Ihren Fall als Verstoß gegen das Beförderungsgesetz aufnehmen. Wenn Sie mir dann bitte Ihre Nummer nennen würden."

Ich weiß immer noch nicht, von welcher Nummer er spricht, und hole etwas verlegen die gerade erhaltene Identifikationsnummer hervor.

„Diese Nummer ist veraltet", teilt mir der Kontrolleur nach intensivem Studium mit. „Da kann ich ja noch nicht mal erkennen, welcher Nahrungsmittelkette Sie angehören."

Mir wird irgendwie unheimlich. „Das hört sich aber mystisch an, was Sie aus so einer Zahlenabfolge herauslesen wollen."

„Mystisch? Dann würde man es Bürokratennumerologie nennen. Ist aber alles nur Verwaltungstechnik. Also, gute Frau, jedes Kind kennt heutzutage seine Nummer, noch bevor es seinen Namen kann. Und es kennt somit auch seine Bestimmung. Überlegen Sie doch mal. Sagen Ihnen die Zahlen, zum Beispiel von eins bis zehn, überhaupt nichts?"

Die Bedeutung der Zahlen ist ja sehr abhängig vom Glaubenssystem, in dem man so drinsteckt. Für einen Menschen unserer Individualzeit können symbolische Zeichen dieser Art hilfreich sein, um nicht gänzlich der Isolation preisgegeben zu sein.

„Natürlich kann ich zählen. Das Mysterium der Zahlen ist oft mein Begleiter."

„Ja, dann zählen Sie doch mal."

„Gut, dann zähle ich rückwärts. Also, die Zehn geht ihren Weg. Kein Gesicht, kein Lächeln hält sie auf oder bringt sie gar vom Wege ab.

Die Neun dagegen geht schnell mal mit. Wie ein Seismograph nimmt sie die Stimmungen anderer auf. Manchmal fragt sie sich, was sie den ganzen Tag eigentlich getan hat.

Die Acht hat ein großes Herz, schnell kann ein müder Wanderer seine Lebensgeister bei ihr wiederfinden. Aber ach, es scheint so schwer, sich an sie zu binden.

Die Sieben, die ist schwirig. Sie will nichts, sie braucht nichts und kann verstehen, was sonst kein Verständnis findet.

Die Sechs steht schwer im Geschäft. Immer weit vorne im Geschehen, weiß sie ihr Ansehen zu waren.

Die Fünf, das Rot unter den Zahlen. Mitfühlend lässt sie niemanden stehen, der einen Fehler macht.

Die Vier will gesehen werden. Sie kämpft wartend und hofft, dass der Richtige sie nehmen wird.

Die Drei weiß, was läuft. Kein dummer Spruch hat eine Chance, sich bei ihr zu etablieren. Kurz wie ein Atemzug sind die Antworten dieser Autonomie.

Dann die Zwei, das wäre ich verzeih. Na, vielleicht, wenn ich älter werde. Und solange ich die Ketten an meinen Fesseln spüre, will ich nicht der Zwei gehören.

Dann die Eins. So heiß begehrt. Es scheint, als würde sie sich selbst gehören. Dass dem nicht so ist, das weiß nur sie. Verloren ist sie, verbindet sie sich mit dem Nur. Dann sieht sie, dass sie sich nie bewegt.

Die Null ist ..."

„Hallo, wie heißen Sie? Sagen Sie mir bitte Ihren Namen", werde ich unterbrochen.

„Meinen Namen? Ich denke, ich soll mir eine Zahlenkombination einfallen lassen."

„Na, wenigstens sind Sie ansprechbar. Mir war nicht ganz klar, ob Sie eingeschlafen oder bewusstlos sind."

„Ja, ich habe tatsächlich geschlafen." Was war jetzt Traum, was Wirklichkeit? „Wo bin ich denn eigentlich?"

„Wir sind am S-Bahnhof Tempelhof."

„Ach, der Zug ist noch gar nicht losgefahren."

„Und ob, Sie sitzen im S-Bahnring. Sie müssen schon eine Runde unterwegs gewesen sein."

„Das zählt? Ist doch wie nicht weggekommen", sage

ich und bin froh, nicht ernsthaft in der Brandenburger Pampa zu sitzen.

„Ich will jetzt Ihre Fahrkarte sehen. Oder Sie steigen mit aus und zeigen mir Ihren Ausweis."

„Meinen Ausweis? Ich hätte da eine Nummer."

„Eine Nummer? Gute Frau, ansonsten geht es Ihnen aber gut? So weit sind wir noch nicht, dass jeder Fahrgast seine eigene Registrierung hat. Der bürokratische Aufwand wäre einfach zu hoch."

„Na hoffentlich", presse ich hervor und fange an, meinen Ausweis zu suchen.

„Na dann. Bevor Sie diese Kontrolle mit einer persönlichen Begrüßung verwechseln, bitte ich Sie, mit auszusteigen."

Das tue ich dann auch. Der Brandenburger Zahlentraum lässt mich zahm sein. Meinen Ausweis finde ich trotzdem nicht. Dafür halte ich das Formular mit der Identifikationsnummer in den Händen. Ich erkläre dem Kontrolleur, dass ich meine Angaben zur Person nicht beweisen kann, dafür aber eine Nummer hätte, mit der er sich alle nötigen Daten besorgen könnte.

Jetzt ist der Kontrolleur irritiert, aber ich war überzeugend genug, dass er seinen Stift zückt. Eilig lese ich die Nummer vom Formular ab. Der Kontrolleur schreibt ordnungsgemäß mit.

Als er fertig ist, lasse ich den Mann so schnell wie möglich hinter mir und trete den Heimweg zu Fuß an. Diese Anstrengung nehme ich gerne auf mich. Immerhin bin ich gerade einem Bußgeld von 60 Euro entgangen. Der Kontrolleur hat nicht bemerkt, dass ich einen Zahlendreher in meine Identifikationsnummer eingebaut habe.

Mutterliebe oder Muttern lieben

„Liebes, reich mir doch bitte mal das Fotoalbum mit den Bildern von Lisas Hochzeit!"

Es ist ein Sonntagnachmittag wie jeder andere. Marie sitzt mit ihrer Mutter am Kaffeetisch.

„Die Hochzeit meiner Schwester liegt jetzt schon zwei Jahre zurück. Du kennst die Fotos doch in und auswendig."

„Ich tue das nur dir zu liebe."

„Du willst mich quälen."

Die Mutter ist empört.

„Wie kannst du so etwas sagen?"

„Du hoffst, dass du bald noch mehr Hochzeitsalben im Schrank liegen hast."

„Wenn du auf mich hören würdest. Eine Frau ist nichts ohne einen Mann. Wann wirst du das endlich verstehen?"

„Mutter, ich verstehe schon. Ich bin das Gesicht und er der Arsch. Du weißt, dass ich nicht viel von diesen osmotischen Abhängigkeiten halte. Es gibt genügend andere Zwänge in diesem Leben."

„Meine Liebe. Deine Äußerungen sind wieder untrüglische Zeichen dafür, dass du dich vor jeder Pflicht drückst. Glaubst du denn an gar nichts?"

„Wie sollte ich glauben? Du hast Vater doch auch in die Wüste geschickt!"

„Das ist etwas anderes. Du und deine Schwester, ihr wart schon groß."

Marie kommt dieses Zugeständnis ganz gelegen.

„Trotzdem hat es meinen Glauben zutiefst erschüttert."

„Vergiss deinen Vater! Der hat doch gedacht, weil er seine Pflicht erfüllt, könne er sich jede Freiheit herausnehmen. Nur von dem kannst du deine Unbeständigkeit haben!"

„Du stellst ihn dar, als hätte er dich hintergangen."

Die Mutter hat Mühe, die Ruhe zu bewahren.

„Das hat er. Er hatte versprochen, dass er aufhört damit. Dein Bein zittert. Wieso wirst du bei diesem Thema nervös?"

„Ich weiß nicht. Ich habe lange nicht geraucht."

„Du rauchst nie, wenn du bei mir bist. Wie dein Vater."

„Lass Vater aus dem Spiel!"

„Ich lasse mir nicht alles gefallen!"

„Du willst meine Loyalität doch nur, damit du dein Zepter schwingen kannst."

„Brauchst du Geld?"

„Nein, das nicht. Im Moment fehlt mir nur eine Zigarette."

„Nicht noch einmal diese Diskussionen. Das hier ist ein Nichtraucherhaus, und das bleibt es auch."

„Siehst du" Wärst du etwas toleranter, müsstest du nicht so einsam sein."

„Geh doch hin zu ihm, zu deinem Vater! Du und deine Schwester, ihr wart doch das Einzige, was mich mit ihm verbunden hat."

„Du hättest ihm nicht gleich die Firma nehmen müssen!"

„Mein Anwalt empfand es als angemessen."

„Aber wegen einem Brandloch im Teppich. Und dann noch so ein kleines."

„Und was ich als Passivraucherin aushalten musste! Er kann froh sein, dass ich ihn nicht wegen fahrlässiger Körperverletzung angezeigt habe!"

„Er hat dich nicht geschlagen."

„Mein Anwalt fand seine Überschreitungen auch sehr bedenklich."

„Dein Anwalt. Dein Anwalt. Ist wohl dein Lover?"

„Nein, ich schätze nur seine Professionalität."

Die Mutter blättert wieder im Fotoalbum.

„Aber Vater deswegen gleich in den Ruin zu treiben... Immerhin hat er die Firma großgemacht."

„Das war anders. Die Firma hat diesen Mann, deinen Vater, großgemacht. Diese Firma und ich, weil ich ihm eine Stütze war. Da kann ich nur sagen: Wie gewonnen, so zerronnen."

„Ich frage mich, was du mir antun würdest, sollte *ich* in deiner Gnade fallen."

„Ich hoffe nicht, dass das passieren wird."

„Wie könnte es auch. Den sonntäglichen Tribut an dich als Familie werde ich dir nicht schuldig bleiben. Sonntags ist eh nichts los."

„Das hört ein liebendes Mutterherz gerne."

Nervös holt Marie ein Päckchen Zigaretten aus ihrer Tasche. Mit Schrecken im Gesicht sieht ihr die Mutter dabei zu.

„Was tust du denn da? Das kannst du mir nicht antun!"

„Mutter, ich sitze jetzt seit drei Stunden hier."

„Ja, ich dachte, du bleibst zum Essen!"

„Kann ich machen."

„Dann lass die Zigarette stecken!"

„Akzeptiere endlich, dass deine Tochter nicht so perfekt ist, wie du es gern hättest!"

„Du brauchst *doch* Geld."

„Nein, ich brauche Nikotin."

Marie zündet sich die Zigarette an und inhaliert tief. Die Mutter ist außer sich.

„Wie kannst du die Weisung deiner Mutter missachten? In meinem Haus! Dabei meine ich es gut mit dir."

„Du denkst nur, du wüsstest, was gut für mich ist."

„Wenn du nur ein bisschen meine Reden und Gebote beachten würdest, hättest du schon lange einen Mann. Verstehe endlich: Du bist eine gute Partie!"

„Mutter, ich ersticke an deinen Erwartungen."

Marie zieht wieder an der Zigarette und bläst den Rauch der Mutter ins Gesicht.

„Mach die Fenster auf! Sonst ersticke ich!"

„Mit dieser Zigarette kann man dich mehr treffen als mit Worten."

„Du redest eben viel dummes Zeug."

„Ich gehe."

„Wenn du jetzt gehst, brauchst du nicht wiederzukommen!"

„Bin schon weg."

„Grüß deinen Vater von mir!"

Die letzten Worte schreit die Mutter Marie hinterher. Das Knallen der Tür ertönt als Antwort. Dann wird es ruhig.

Der Morgen des nächsten Tages bricht an. Wir treffen Marie wieder, am Tresen einer Bar. Übernächtigt, aber immer noch nicht bereit, ins Bett zu gehen, betrachtet sie ein Glas Whisky, das vor ihr steht, und raucht eine Zigarette.

War das wieder ein Abgang heute. Es fällt nicht immer leicht, diese Mutter stimmlich zu übertönen. Ein richtiger Kampf jedes Mal, sich da reinzusteigern. Und ich brauche Stunden, um wieder runterzukommen. Wahrscheinlich wäre dafür ein sensibles Gegenüber gut. Aber du kannst in der nobelsten Bar sitzen, diese Typen haben alle nur mit sich zu tun. Oder mit ihren Müttern oder denen, die sie dafür halten.

Marie nimmt einen Schluck aus ihrem Glas.

Überhaupt, Mütter. Meine hat ja sicher auch nicht alles richtig gemacht, aber diese Frauen wissen gar nicht, was sie ihren Söhnen antun, wenn sie versuchen, ihnen eine gute Mutter zu sein. Die meisten leiden ein Leben lang an den Spätfolgen. Absolute Abhängigkeit, weil sie im Haus alleine völlig überfordert sind. Oder sie ertrinken im Selbstmitleid, weil keine andere Frau sie so liebt wie ihre Mutti. Oder sie denken, sie könnten sich alles erlauben, weil sie das bei Mutti auch durften.

Vielleicht bin ich ja auch einfach nicht beziehungsfähig. Woran das wohl liegt? Die fehlende Mutterliebe kann es nicht sein, denn sonst müssten meine Beziehungen gerade doppelt so gut klappen. Immerhin lebe ich zurzeit mit zwei Müttern. Die eine, sie hat mich geboren und großgezogen, wohnt am anderen Ende des Landes. Das hat sich so ergeben, und es ist vielleicht nicht das Schlechteste für beide Parteien, dass wir uns den Sonntagnachmittagskaffee ersparen. Für mich, weil ich mir nicht ständig anhören muss, dass ich lieber auf sie gehört und etwas Anständiges gelernt hätte. Für sie, weil sie nicht ständig vor Augen hat, wie Recht sie mit ihrem Drängen doch haben könnte.

Da ist es doch eigentlich nicht schlecht, wenn ich noch ein anderes Mutterbild mit mir herumtrage. Diese Marie, die Tochter, ist zwar nicht die Rolle meines Lebens, aber ich lebe diese Figur schon eine Weile lang. So schwer ist das nicht als passionierte Raucherin.

Nach dem verqualmten Abgang fängt die Mutter erst richtig an gegen ihre Tochter zu intrigieren, weil diese sich ihrem Vater zuwendet. Aber ansonsten ähneln sich die Sorgen meiner Mütter. Und ich habe doch glatt vergessen am Muttertag anzurufen. Ein Mindestmaß an Ehrung sollte ich ihr zugestehen. Wer weiß, was sie sich sonst einfallen lässt, weil sie sich Sorgen macht wegen mir.

Aber eine starke Frau ist sie, diese Mutter aus dem Stück. Vielleicht fehlt mir so eine führende Hand im richtigen Leben? Wieso sonst spiele ich nur in einem drittklassigen Theater? So eine Frau hätte für ihre Tochter ihre Beziehungen spielen lassen, und ich, als die Tochter meiner Mutter hätte mich wie im Theaterstück mit Treue bedankt. Oder der Name alleine hätte ausgereicht, um mir die Türen zur großen, weiten Welt zu öffnen.

Drittklassig das passt zu dieser Nacht, das passt zu meinem Leben, und das passt auch zu diesem Theaterstück. Ein non-Raucherstück. „Im Himmel wird nicht geraucht" heißt es, und ohne die Zigaretten wäre der Familienfrieden wohl nie gestört worden. Ich habe ja den Verdacht, dass die Dramatikerin - es ist allen Ernstes eine Frau! -, dass jedenfalls diese Dramatikerin versucht, mit dem Stück die Trennung ihrer Eltern zu verarbeiten.

Es gibt Autoren, die sollten sich lieber einem Psychologen anvertrauen, als ihr Leid in die weite Welt hinauszuposaunen. Aber Papier ist ja geduldig, und wir Schauspieler machen ja alles mit, wenn es die Regie verlangt. Diese Schreiber leben doch so hoch oben auf ihrem Turm, da kann sie einfach kein guter Rat mehr erreichen.

Es ist spät, ich sollte langsam nach Hause. Alleine, denn die Typen, die hier jetzt noch rumhängen, wären sowieso nicht mehr in der Lage, mir eine gute Nacht zu bereiten. Wer weiß, ob sie das nüchtern könnten.

Trotzdem könnte mal wieder etwas passieren. Etwas Unvorhersehbares. Etwas, das an einen Skandal heran reicht.

Ich weiß: Ich werde mir einen Revolver besorgen. Und wenn die Mutter auf der Bühne mich wieder rausschmeißt, werde ich den Revolver zücken und jemanden erschießen. Sie oder mich. Oder erst sie und dann mich. Das entscheide ich spontan. Mutti wird schon mitspielen.

Nachts

Der Abend ist hereingebrochen. Nieselregen lässt die verlassenen Straßen im Laternenlicht glänzen. Nur selten fährt ein Auto vorbei. Sie würde es gerne wie die anderen tun und zu Hause bleiben. Der Tag war anstrengend. Der Chef ist ein arbeitswütiger Griesgram. Sie ist alles andere. Es ist eine unbestimmte Spannung in ihr, die sie nicht ruhen lässt. Das kann doch nicht alles sein. Sie muss leben. Spüren, dass das Leben in ihr ist. Sie zieht sich ihre Jacke über und geht in die nächste Kneipe. Ihre Kneipe. Mit einem freundlichen ‚Hallo' wird sie vom Wirt und den anwesenden Gästen begrüßt. Man kennt sich. Er ist auch da. Sie setzt sich an den Tresen und bestellt sich ein Bier. Angekommen. Einige Zeit später hat sie vergessen: ihren Tag, den Chef, die Rechnungen die noch offen sind. Mit Rainer und Willi ist sie in eine Diskussion vertieft, ob der Glaube die Menschheit retten kann oder ob sie deswegen dem Untergang geweiht sind. Heinz will mit ihr flirten. Er sitzt schweigend da und trinkt sein Bier. Das macht er immer so. Manchmal ist er mit seinem Handy beschäftigt, meistens sitzt er aber einfach nur da. Es ist schwer zu sagen, ob er den Gesprächen zuhört oder mit seinen Gedanken anderswo ist. Manchmal treffen sich ihre Blicke. Dann spürt sie, da ist etwas. Dann ist er bei ihr

und nicht unterwegs in seinem Gedankenuniversum. So ist es jedes Mal wenn sie sich hier treffen.
Heinz lenkt sie von ihren Überlegungen ab. Heinz sitzt neben ihm und bittet sie zu sich heran. Wie immer stellt Heinz fest, wie schön sie sei. Er hat schon lange ein Auge auf sie geworfen. Heute holt Heinz aus seiner Tasche eine kleine Schachtel. Feierlich übergibt er sie ihr. Es ist eine Kette mit einem Herz als Anhänger. Eigentlich würde sie Heinz gerne sagen, dass sie kein Backfisch mehr ist. Dankend nimmt sie das Geschenk an. Im Schein einer Kerze betrachtet sie den Anhänger mit gespielter Bewunderung und sagt ihm, dass sie die Kette nur bei besonderen Gelegenheiten tragen werde.
Aus dem Augenwinkel hat er sie die ganze Zeit beobachtet. Sein Blick entgeht ihr. Sie kann nicht sagen, ob ihm der Vorfall mit Heinz missfällt oder ob es ihn kalt lässt. Sie steht dicht neben ihm. Das hatte sie wohl bedacht, als sie sich zu Heinz stellte. So nah war sie ihm noch nie gewesen. Die Kette in den Händen haltend spricht sie ihn an. Was er von solchen Geschenken halte und wie er die Kette finde. Nichts Verwerfliches, stellt er fest, und dass die Kette sehr schön sei. Sofort hüllt er sich wieder in Schweigen. Kein leichter Fall, stellt sie fest, und bestellt noch ein Bier. Nachdem sie die Kette weggepackt hat, bleibt sie weiterhin neben Heinz und ihm stehen. Heinz freut sich, dass sein Geschenk so gut

angekommen ist, und fängt an, von einer gemeinsamen Zukunft zu träumen. Sie hört nur mit halbem Ohr zu, darauf bedacht, dass Heinz' Träume nicht zu sehr die Grenze der Realität überschreiten. Ihn spürt sie dabei dicht neben sich. Sie würde ihm gern sagen, dass er keine Chance habe, zu entkommen. Bewegungslos sitzt er neben ihr, scheint keine Notiz von ihr zu nehmen. Sie kommt ins Zweifeln und fragt sich, ob er nicht nur eine Hülle sei, Materie, ein Stück Fleisch oder eine Maschine, der das Licht der Sinne abhanden gekommen ist. Mit eindringlichem Blick versucht sie, seinen Körper zu durchbohren und seine Aufmerksamkeit auf sich zu lenken.

Er greift zu seinem Handy. Für einen kurzen Moment möchte sie ihn verdammen oder wenigstens aus ihrem Bewusstsein streichen. Dann hält sie es nicht mehr aus und geht zum Angriff über. Ob er hier auf jemanden warten warte oder ob er wirklich glaube, dass sein Handy interessanter sei als sie.

Wie sie darauf käme, antwortet er, mit leicht entsetzter Stimme. Auf keinen Fall wolle er ihr Missfallen. Schon als sie sich neben ihn stellte, wusste er, dass heute ein ganz besonderer Tag sein musste. Das sagt er ihr aber nicht, sondern dass er in der Computerbranche arbeite und sein Chef ihm heute einen Bereitschaftsdienst aufgebrummt habe. Nur deswegen lasse er sein Handy nicht aus den Augen. Eine ausgelassene Gesellschaft an einem Tisch bit-

tet einen Gast, am Klavier etwas zum Besten zu geben. Eine Weile lang kostet dieser die gebündelte Aufmerksamkeit aus, indem er sein musikalisches Licht unter den Scheffel stellt. Dann setzt er sich ans Klavier und taucht den Raum in klangvolle Harmonien.
Romantik macht sich breit im Lokal. Sie will diese Romantik nicht teilen und fragt ihn nach seinem Chef aus. Einer, dem man nie etwas recht machen könne, und der ständig in der Angst lebe, seine Angestellten ihn hintergehen könnten. Nicht einfach, so etwas wenigstens am Abend zu vergessen, stellt sie fest, und kommt ihm im Rhythmus der Musik gefährlich nah. Er bleibt ungerührt. Mit leisen Bewegungen lässt sie ihren Körper vor ihm tanzen. Von ihm kommt keine Reaktion. Sie fordert ihn zum Tanz auf. Er bleibt schweigend sitzen.
Schlagartig vergisst ihr Körper die Musik und sie stellt fest, dass es wohl nicht nur sein Chef sei, der ihn vom Leben abhalte. Wie sie das meine, fragt er ehrlich erstaunt. Und entschuldigend setzt er sofort hinzu, dass er ja doch kein guter Tänzer sei.
Der Musiker am Klavier beendet seinen Beitrag. Die Gäste im Lokal feiern ihn und spornen ihn an, weiter zu spielen. Abermals lässt der Musiker sich auf dem Klavierhocker nieder.
Eng aneinander geschmiegt beginnen einige Paare, im Lokal zu tanzen.

Mit einem herausforderndem Blick sieht sie ihn noch einmal an. Er versteht sie. Ohne ein Wort zu verlieren, nimmt er sie in den Arm und fängt an, sich und sie im Takt hin und her zu wiegen. Sie lässt es geschehen. Ohne seinen Blick zu suchen, vertraut sie sich ihm an. Ihm ist, als ob ihre Körper miteinander verschmelzen würden. Sie versteht ihn. Er ist sich nicht sicher, ob sie es ahnt, aber sie weiß sehr viel von ihm.

Sicher, es liegt nicht nur an seinem Chef, dass er bei ihr so unnahbar wirkt. Ja, sie weiß es genau, da gibt es noch eine andere. Das heißt, es gab sie. Die war eigentlich nicht groß anders als sein Chef. Stets unzufrieden und mit stets wachsenden Wünschen. Sie verließ ihn, als er offenbarte, dass er ihr keinen höheren Lebensstandard würde bieten können.

Sie war anders. Das wusste er schon, als er sie das erste Mal sah. Jetzt spürt er es auch, er lebt.

Das Licht geht aus. Das Leben im Lokal will ins stocken geraten. Der Wirt verkündet lautstark, dass er genau für diesen Moment die Kerzen auf die Tische gestellt habe. Die Gäste sind beruhigt, tanzen und trinken weiter. Nur der Wirt bemerkt, halb scherzend halb ernst, dass er besser mal nachsehen wolle, ob das der kleine oder doch der große Stromausfall sei.

Sie und er haben die ganze Zeit weiter getanzt. Ihre Bewegungen sind unmerklich ruhiger geworden.

Würde die Musik aufhören, es würde nicht auffallen, wenn sie so stehen blieben.

Der Wirt taucht wieder im Lokal auf und verkündet, dass sein Sicherungskasten unversehrt sei. Im Moment könne er auch nicht sagen, ob nur die Straße oder ein größeres Gebiet von diesem Stromausfall betroffen seien. Ein unruhiges Gemurmel mischt sich unter die Gespräche. Der Wirt versucht, die Gäste zu beruhigen.

Sie stehen immer noch da, als würde der Klavierspieler die Töne weiterhin erklingen lassen. Langsam hebt sie ihren Kopf seinem Gesicht entgegen und raunt ihm zu, sie hoffe, dass es ein ganz großer Stromausfall sei. Dann könne sein Chef ihn morgen nicht gebrauchen.

Wenn Englein reisen

Es war Sommer, und in mir tobte das Fernweh. Ich hatte wieder mal kein Geld, um mir ein Bahnticket zu leisten, deswegen beschloss ich mit einer Freundin zu trampen. Im letzten Jahrhundert war dies eine beliebte Art des Reisens. Hundert Prozent ökonomisch, ökologisch, und schon der Weg garantierte sein Abenteuer. Man wusste nie, wer einen mitnehmen würde.

Heutzutage ist schon das Anhalten eines Autos ein Kunststück. Die Stellen an den Autobahnzubringern, die früher von Trampern genutzt wurden, sind so umgebaut, dass es für ein Auto unmöglich ist zu halten.

Davon wollten wir uns unsere gute Laune aber nicht verderben lassen. Meine Freundin und ich waren recht kommunikative Wesen, also beschlossen wir, an einer Tankstelle unsere Position zu beziehen, um uns durch freundliche Fragen und Gespräche eine Mitfahrgelegenheit an die See zu sichern.

Ein leichter Sommerwind wehte und hinterließ den Geruch der Freiheit, der sich mit dem Aroma des Benzins vermischte. Eine Stunde versuchten wir vergeblich, mit unserer guten Laune bei der Autotombola einen Lift zu gewinnen. Als uns dann sogar der Trostpreis verwehrt blieb, der in Form eines knatternden Trabants an uns vorbeifuhr, zogen wir uns zurück und beratschlagten, welche Strategie uns das Wegkommen möglichst noch am selben Tag garantieren konnte.

Wir zogen eine Notfalltäuschung in Erwägung, verwarfen diesen Plan dann aber wieder, da es bei der heutigen Handyflut wahrscheinlicher war, dass man uns den Sanitätswagen gerufen hätte, als uns einsteigen zu lassen. Uns fiel nichts weiter ein, womit wir noch hätten Mitleid erregen können, also beschlossen wir, in die Offensive zu gehen.

Wir verabredeten, den nächstbesten Wagen, der nach dem Tanken ohne Aufsicht bleiben würde, zu kidnappen und unseren Weg ohne größere Pause fortzusetzen. Wir waren uns sicher, dass diese Zeit ausreichen würde, um ohne eventuelle Verfolgungsjagden durch die Polizei an unser Ziel zu gelangen.

Wieder postierten wir uns in der Nähe der Zapfsäulen, diesmal aber äußerst zurückhaltend und betont unauffällig, da wir im Vorfeld schon genug Aufsehen erregt hatten. Wieder mussten wir warten. Als hätte sich unser Vorhaben herumgesprochen, hielten nur noch Autos, in denen ein Beifahrer saß. Wir wollten gerade anfangen, an eine Verschwörungstheorie zu glauben, da erschienen zeitgleich ein Opel und ein

Jeep an der Tankstelle, die nur ihren Fahrer mit sich führten.

Meine Freundin meinte, dass wir uns des Opels annehmen sollten, da dieser nicht so auffällig war und auch nicht so einen hohen Spritverbrauch hätte, denn wir hatten ja einen weiten Weg vor uns. Ich hatte aber vor kurzem einem Bekannten bei einem Autokauf zur Seite gestanden und wusste um die Vorzüge des Jeeps. Also erklärte ich meiner Freundin, dass uns die PS-Zahl des Jeeps ein schnelles Fortkommen garantieren würde, und außerdem wäre der Tank doch gerade frisch gefüllt, wenn wir das Auto entern würden. Wir entschieden uns für den Jeep und wagten uns in seine Nähe. Wir gingen so weit, dass wir in Rufweite des Fahrers standen, taten dabei aber uninteressiert, als warteten wir auf unseren Bus.

Der Fahrer verließ seinen Wagen, ohne dass er uns wahrgenommen hätte. Er war ein Mann in den besten Jahren und augenscheinlich in guter Position. Das beruhigte uns, konnten wir doch sicher sein, dass er sich den Schaden bei Verlust des Fahrzeuges von der Versicherung ersetzen lassen konnte. Arglos öffnete er den Tank, verhedderte dann aber den Schlauch der Zapfsäule. Während er versuchte, den Schlauch zu entwirren, um damit die Öffnung an seinem Wagen zu erreichen, fiel ihm der Tankdeckel hinunter. Er und wir sahen dem Deckel zu, wie er vor die Füße meiner Freundin rollte, dann trafen sich unsere Blicke.

Ich bemerkte, wie meine Freundin vor Aufregung anfing zu zappeln, und flüsterte ihr zu, sie solle ganz ruhig bleiben, wir hätten noch nichts Unrechtmäßiges getan. Dem Fahrer schien unsere reglose Gelassenheit aber nicht zu gefallen. In einem nicht gerade freundlichen Ton forderte er uns auf, uns seines Tankverschlusses anzunehmen, um ihm diesen wiederzugeben.

Mir war sofort klar, dass wir mit unserem Vorhaben genau den Richtigen treffen würden, und ich freute mich jetzt erst richtig auf die Spritztour, die in immer greifbarere Nähe rückte.

Meine Freundin hatte ein Einsehen. Sie bückte sich nach dem Deckel und übergab ihn dem Eigentümer. Dieser fing mit meiner Freundin ein Gespräch an, da sie ihm aber nicht antwortete, sondern sich Hilfe suchend nach mir umsah, gesellte ich mich zu den beiden, damit sie nicht ins Stottern geraten musste.

„Er will wissen, warum wir hier so gelangweilt herumstehen", erklärte mir meine Freundin und sah mich wie der Fahrer fragend an.

„MAE. Wir sind in einer der neuesten MAE-Maßnahmen angestellt, die die Stadt gegen die Arbeitslosigkeit ins Leben gerufen hat."

Der Mann schien nur eine vage Ahnung davon zu haben, was eine MAE-Maßnahme ist, verschaffte sich aber interessiert die ihm fehlende Information, indem er sich erkundigte, was der Aufgabenbereich dieser Maßnahme beinhalte.

„Wir sollen den Service an der Tankstelle heben, indem wir uns um die Autofahrer und ihre Autos kümmern, wenn sie hier tanken." Hoch gepokert, dachte ich bei mir und überlegte, wie ich erklären sollte, dass eine Tankstelle eine öffentliche Angelegenheit sei. Da war es doch wahrscheinlicher, dass man uns in einer Bank hätte abstellen müssen.

Der Fahrer war aber zufrieden mit meiner Erklärung und sagte, dass wir nicht so schüchtern zu sein bräuchten. Er übergab meiner Freundin den Schlauch des Zapfhahnes und mutmaßte, dass sie doch sicher schon in die Eigenheiten dieses Gerätes eingewiesen worden sei. Er jedenfalls hätte Mühe, damit zurechtzukommen, und etwas wie Dankbarkeit schwang in seiner Stimme mit, als er ihr erklärte, dass er so auf jeden Fall seinen Anzug schonen würde.

Meine Freundin sah mich fragend an, und ich gab ihr zu verstehen, dass es schon richtig sei, den aufgebürdeten Job zufriedenstellend zu erledigen. Also tat sie, was von ihr verlangt wurde. Damit keine Zweifel an unserer Authentizität entstanden, erkundigte ich mich beim Fahrer, ob ansonsten alles in Ordnung sei. Wenn er wolle, könnte ich ihm auch ein Eis holen. Er hatte jetzt auffallend gute Laune und sagte, dass es doch schön wäre, so tatkräftige Mitmenschen um sich zu haben. Ich müsste mich aber bis zum nächsten Auto gedulden, bei ihm wäre jetzt alles in bester Ordnung.

Ich wollte gerade überlegen, ob wir unseren Plan nicht verwerfen konnten, weil wir uns den Einstieg in das Auto ehrlich verdient hatten. Nach einem kurzen Blinzeln in die Sonne fiel dem Fahrer aber ein, dass sein Weg noch weit war, und bei der Geschwindigkeit, die der Wagen erzeugte, wären seine Scheiben das sichere Grab für jeden Käfer, der seine Bahn kreuzte. Es wäre also gut, wenn ich ihm noch die Fensterscheiben putzen würde.

Mörder, hörte ich es in mir rufen, und nur die Gewissheit, dass *ich* den Wagen von dieser Tankstelle fortfahren würde, gab mir die Standhaftigkeit, der Aufforderung nachzukommen. Also fing ich an, die Fenster zu putzen, und nahm mir vor, den Wagen später nicht voll auszufahren, damit wenigstens ein *paar* Insekten die Chance hätten, ihren Tod an einer anderen Frontscheibe zu finden.

Als meine Freundin und ich mit dem unfreiwilligen

Service fertig waren, bot ich dem Fahrer an, den Luftdruck seiner Reifen zu kontrollieren. Er könne sich Zeit sparen, wenn er in der Zwischenzeit seine Tankrechnung begleiche. Er lehnte aber dankend ab und meinte, dass der Luftdruck auf seinen Reifen völlig in Ordnung sei.

Mir gefiel meine Idee aber ganz gut, wären wir damit doch nicht nur im Besitz des schicken Wagens, sondern hätten auch gleich die passenden Autoschlüssel. Deswegen erklärte ich ihm, dass der richtige Luftdruck auf den Reifen nur allzu gerne unterschätzt werde, besonders wenn man gerne das Gaspedal durchtrat.

Der Mann ließ aber nicht mit sich reden und sagte freundlich, wenn ich noch etwas für ihn tun wolle, könnte ich die Rechnung für die Tankfüllung begleichen gehen. Er habe neue Schuhe, die ihn an verschiedenen Stellen drückten, und wäre froh, wenn er nicht einen Schritt zu viel tun müsse. Mit diesen Worten hielt er mir eine Kreditkarte unter die Nase.

Unwillig fragte ich ihn, wie ich das machen solle, so ohne die Geheimzahl zu kennen, und ob er wolle, dass ich mich der Urkundenfälschung schuldig mache. Lächelnd flüsterte der Mann mir die PIN ins Ohr und meinte, dass bei dieser Kreditkarte eine Unterschrift nicht nötig wäre. Ich wollte immer noch protestieren, da so unser Plan auf keinen Fall aufgehen konnte. Meine Freundin gab mir aber zu verstehen, dass wir kein großes Aufsehen erregen dürften.

Widerwillig nahm ich die Geldkarte und ging missmutig mit meiner Freundin in den Shop. Wir stellten uns in die Reihe der Wartenden an der Kasse.

Als ich gerade dabei war, die PIN der Geldkarte einzugeben, wunderte sich meine Freundin: „Wieso hat der es denn auf einmal so eilig?" Ich fand den Kassierer jetzt nicht unbedingt schnell in seinen Bewegungen, folgte dann aber dem Blick meiner Freundin hinaus aus dem Fenster und konnte nur noch zusehen, wie der Jeep im Strom des Straßenverkehrs verschwand. Ich fand auch keine schlüssige Antwort für dieses Verhalten, tröstete uns aber damit, dass wir jetzt immerhin liquide genug wären, um uns mit reichlich Reiseproviant einzudecken.

Ich war noch nicht fertig mit dieser Überlegung, da sagte der Kassierer vom Tankshop, dass er es besser fände, wenn ich bar zahlen würde. Die Geldkarte, die ich ihm ausgehändigt hatte, wäre jedenfalls nicht gedeckt.

Jetzt war es wieder meine Freundin, die sagte, dass ich ruhig bleiben sollte. Sie versuchte dem Kassierer zu erklären, dass wir diesen Mann mit seinem

Wagen eigentlich überhaupt nicht kannten und mit ihm auch nichts zu tun hätten.

Das wiederum hielt der Kassierer für völlig unglaubwürdig, da er uns beobachtet hatte, wie wir dem Mann tatkräftig zur Seite standen, und das wäre ja eine ganz gewitzte Masche, die bei ihm aber nicht ziehen würde, da er sich sicher war, dass der Fahrer in der nächsten Seitenstraße auf uns warten würde.

Wir hatten jetzt überhaupt nichts mehr zu sagen und mussten geduldig auf die Polizei warten. Während ich überlegte, ob wir der Polizei die Wahrheit sagen sollten oder ob es nicht eine andere Geschichte gab, mit der wir uns aus der Affäre ziehen konnten, zählte meine Freundin die Autos, die an der Tanke hielten, und meinte versonnen, dass man uns so wenigstens nicht für den Tod der vielen kleinen Käfer verantwortlich machen konnte.

Der Gefühlsstau

Am Abend traf ich mich mit Zora und Hagen, Freunden von mir, in einer Kneipe. Bei Bier und Wein saßen wir beisammen und ließen den Tag Revue passieren. Ich erzählte von unfruchtbaren Bemühungen beim Arbeitsamt und offenbarte den beiden, dass ich jedes Mal bevor ich zum Jobcenter muss davon träume, im ehemaligen Arbeitsamt in der Gotlindestraße Amok zu laufen.

Zora erkundigte sich, ob ich öfter zum Jobcenter müsste, und Hagen wusste sofort, dass ich froh sein könne, wenn mir solcherlei Befreiungsgedanken wie die an einen Amoklauf nur beim Jobcenter kämen. Er hätte so etwas manchmal ganz unvermittelt in der U- oder S-Bahn, und er sei dann immer froh, dass er keine Waffen bei sich habe. Ansonsten hätte er aber auch eher ein pazifistisches Bewusstsein. Dessen war er sich sicher.

Bevor ich etwas zu Hagen sagen konnte, fing Zora an, über uns zu lachen. Wieso wir uns das Leben nur so schwer machten? Man solle seine Träume doch verwirklichen. Das würde auf jeden Fall helfen. Da weder Hagen noch ich antworteten, lachte Zora jetzt nicht mehr, sondern fragte herausfordernd: „Oder was wollt ihr sonst tun?"

Ich wollte erst sagen, dass Kickern doch eine nette Abwechslung wäre, aber dann fiel es mir wieder ein. Kreativ sein - das war es, was ich eigentlich hier wollte. Mithilfe der Kunst dem grauen Alltag entfliehen.

Zora musste wieder lachen, da sie sich nicht vorstellen konnte, wie ich den Männern den Kopf verdrehen wollte. Das wäre doch die Grundvoraussetzung, um eine gute Künstlerin zu sein.

Ich gab ihr dahin gehend Recht, das der Künstler im herkömmlichen Sinne schon einen guten Draht zur Liebe haben sollte. Aber mir war nicht danach, Liebeslieder zu singen. Eher wollte ich in den Köpfen der anderen etwas wachrütteln, sie schockieren oder bloßstellen. Aktionskunst war deswegen eine gute Möglichkeit, meinem Begehren Ausdruck zu verleihen.

Zora war sofort begeistert, nur Hagen hatte Bedenken. Er hoffte immer noch, den modernen Platz an der Sonne zu ergattern, einen Job auf dem ersten Arbeitsmarkt, und wusste nicht, ob so eine Aktion seiner Karriere schaden könnte. Da wir ihm aber versicherten, dass diese Aktion nicht angekündigt und später auch nicht im Internet zu finden sein würde, verabredeten wir uns für den nächsten Tag, damit wenigstens ein Traum wahr werden würde.

Pünktlich und mit Filzhüten kostümiert trafen wir uns am Schauplatz des zu erwartenden Schauspiels. Wir hatten den U-Bahnhof Samariterstraße für einen ersten Probelauf gewählt und wollten bei einer erfolgreichen Show zum belebteren Bahnhof Frankfurter Allee weiterziehen.

Merkwürdig still wurden wir, als wir die Stufen hinab zu den Bahngleisen gingen. Auch auf dem Bahnsteig war es ruhig, obwohl dort mindestens zwanzig Menschen standen und auf den Zug warteten. Vielleicht war es die sonntägliche Trägheit, die sich im Bahnhof breitgemacht hatte; vielleicht aber ahnten die Leute auch, dass sich heute noch etwas Unerwartetes ereignen würde.

Wir hatten den Bahnsteig erreicht, und mich überkam das Lampenfieber, so dass ich am liebsten wieder umgedreht wäre. Aber Zora hatte sich mit einem breiten Grinsen bei Hagen und mir untergehakt, und so hatte keiner von uns die Chance, dem Schicksal zu entkommen.

Als gut gelauntes Grüppchen stiegen wir hinab in den Untergrund der Stadt. Eine Frau im schlichten Mantel lächelte uns wohlwollend zu, ansonsten nahm uns kaum jemand auf dem Bahnsteig wahr. Dennoch fand ich die Situation, wie sie war auffällig genug und wollte gerade bemerken, dass wir mit unseren Hüten schon genug Aufsehen erregten.

Das Schauspiel musste uns also keine weiteren Anstrengungen abverlangen. Da machte sich Zora aus unserem Reigen los und steuerte zielgerichtet auf einen Mann in besten Jahren und augenscheinlich guter Position zu.

„Sie haben auch keine Bedenken, sich auf der Straße sehen zu lassen", sprach sie ihn mit einer Stimme an, als ob sie sofort auf ihn losgehen wollte. Der Mann sah sie irritiert an und fragte mit ruhigem Ton, ob sie sich kennen würden.

„Sicher kenne ich Sie", gab Zora zu verstehen „Sie sind doch auch einer, dem keine Leiche zu viel im Keller wäre, um seine Ziele zu erreichen."

Der Mann fragte empört, wie Zora darauf käme, ihn als Mörder hinzustellen - und das in einer Lautstärke, dass jeder im Umkreis es mitbekommen musste. Rufmord wäre das! Und etwas leiser fügte er noch hinzu, sie müsse doch wissen, wie leichtgläubig die Menschen sind, wenn so etwas Sensationsheischendes verbreitet wird. Aber Zora antwortete nicht, sondern visierte mit einem breiten Grinsen die nächsten Schaulustigen an.

Hagen mussten die Schwingungen von Zoras Aktion erreicht haben. Ohne zu überlegen, strebte er zwei Frauen entgegen, offensichtlich einer Mutter mit ihrer erwachsenen Tochter, und fing an, auf diese einzureden.

„Und Sie glauben, dass Sie gut dastehen? Ihr Mann schafft die Kohle ran, und Sie nehmen dafür jede seiner zwischenmenschlichen Entgleisungen als notwendiges Übel hin. Ein Gefühlskrüppel sind Sie! Ohne die Kaufcenter der Stadt wüssten Sie doch schon lange nicht mehr, dass Sie noch am Leben sind!" Hagen war laut geworden, und die Schaulustigen um ihn herum hörten teils interessiert, teils amüsiert zu. Die Tochter bemühte sich, Hagen zur Einsicht zu bringen, und erklärte ihm, dass ihr Vater im vergangenen Jahr gestorben sei. Aber ihre Mutter winkte einlenkend ab und sagte mit leiser Stimme, dass er ja Recht habe.

„Schauen Sie beim nächsten Macker auf die inneren Werte!", erklärte Hagen noch, während er von den beiden abließ und nach den nächsten Opfern Ausschau hielt.

In der Halle des Bahnhofs wurde es immer lauter. Ich stand immer noch unentschlossen am Eingang des Bahnhofs und zögerte, mich in das Treiben in einzumischen, da mich die Konfrontation mit den anderen Passanten abschreckte. Normalerweise war ich froh, wenn ich unbehelligt meinen Weg von A nach B fortsetzen konnte. Jetzt aber verriet mich mein Filzhut. Argwöhnische und erwartungsvolle

Blicke warteten darauf, dass ich an dem unterirdischen Treiben teilnahm. Gerade wollte ich mutig auf jemanden zugehen, da ertönte die Sprechanlage der Zugabfertigung. Es war Zoras Stimme, die verkündete, dass heute der Tag der offenen Gefühle sei und niemand sich zurückhalten müsse, seinen Emotionen freien Lauf zu lassen.

Die Durchsage wurde verstanden - und als hätte jemand einen Startschuss abgegeben, entstand ein unübersichtlicher Tumult. Eine Frau ließ es sich nicht nehmen, ihren Mann schallend zu ohrfeigen, und eine Gruppe Kinder, die gerade in die Pubertät kamen, gingen auf ihre Lehrerin los. Die Menge tauchte ein Geschwader von Beschimpfungen und Anschuldigungen ein. Ich stand immer noch abseits, neben mir die Frau, die uns bei unserem Erscheinen freundlich zugelächelt hatte.

Wir machten uns beide Sorgen darüber, dass jemand bei eventuellen Handgreiflichkeiten auf den Bahngleisen landen könnte. Ehe es dazu kommen konnte, fuhr jedoch die U-Bahn ein. Ein Trupp des Sicherheitspersonals sprang aus dem Zug und suchte auf dem Bahnsteig nach den Rädelsführern. Zuerst schnappten sie Zora, die ihnen lautstark und unter Widerstand erklärte, dass es ein interaktives Kunstprojekt sei, in das sich die Uniformierten einmischten. Denn bei offenen Gefühlen, wie sie gerade auf dem Bahnsteig ausgelebt wurden, wäre es wichtig, die Versöhnung zum Zuge kommen zu lassen, da ansonsten ein bleibender Unmut entstehen könnte.

Die Sicherheitsbeamten hatten aber mit Sozialpsychologie nicht viel am Hut und unternahmen alles, um dem Spektakel ein abruptes Ende zu setzen. Sie liefen den Bahnsteig ab und sammelten auch noch Hagen und mich ein. Die Filzhüte hatten uns verraten.

Zora, Hagen und ich sahen uns erst wieder, als wir im Gerichtssaal auf das Ende unseres Schauspiels warteten. Auf der Anklagebank versuchte Zora, uns in ein besseres Licht zu rücken als das, in dem der Richter uns sah. Sie appellierte an ihn, Milde walten zu lassen, da wir nicht versucht hatten, den Traum vom Amoklauf zu verwirklichen. Der Richter hatte aber kein Einsehen. Eine dicke Geldstrafe brummte er jedem von uns auf wegen Beleidigung und Erregung öffentlichen Ärgernisses. Da keiner von uns über ein größeres Einkommen verfügte, wurde das Urteil in Arbeit statt Strafe ausgesetzt.

Seit dem bin ich in die Struktur eines Altenheimes eingebunden und werde das auch noch eine Weile lang bleiben. Immerhin hat mich bis jetzt noch kein Alptraum heimgesucht. Dafür weiß ich nun aber, dass ich auf keinen Fall alt werden möchte.

Stille Wasser

Die Nachbarin über mir wohnt im obersten Stockwerk.

Ich wohne dafür schon ziemlich lange hier, kenne das Haus noch aus den weniger glanzvollen Zeiten vor der Sanierung. Damals gab es hier viele WGs und anderes buntes Volk. Jetzt ist nicht nur das Haus etabliert, sondern auch die ganze Straße. Und es gibt viele Familien mit Kindern. Statistisch betrachtet ist es also verwunderlich, dass über mir auch eine alleinstehende Frau wohnt, aber der neue Single-Style von saniertem Wohnraum macht es möglich.

Ich stand mit der Frau von oben in regem Austausch. Ein bisschen Salz, mal ein Ei. Wir konnten uns fast immer weiterhelfen. Verabschiedet, als sie ausgezogen ist, hat sie sich aber nicht. Die modernen Zeiten der Sanierungswelle, staunte ich, als mir auf einmal ein fremdes Gesicht die Tür öffnete und ich mich etwas genierte, nach einer Zwiebel zu fragen. Ich tat es dann aber doch, und die fremde Frau fragte mich argwöhnisch, wo ich denn herkäme. Von unten, erklärte ich freimütig, und meine Hoffnungen stiegen, erst einmal als Nachbarin erkannt, an das Ziel meines Begehrens zu gelangen.

Leider gab mir die neue Nachbarin zu verstehen, dass es Zwiebeln in ihrem Haushalt nicht gebe. Des

Mundgeruches wegen, darauf müsse man achten, wenn man mit wichtigen Menschen verkehre. Ich bedauerte das aufrichtig, da ich nun ohne Zwiebel kochen musste. Dabei hatte ich nicht das Problem, so sensible Menschen zu treffen – und eine Zwiebelfahne ist angenehmer als der Geruch eines verbitterten Egos. Dennoch verabschiedete ich mich, ohne meine Einwände vorzubringen.

Ein paar Tage später stand die neue Nachbarin mit einer Tasse vor meiner Tür. Sie fragte mich, ob ich etwas Zucker für sie hätte. Ich freute mich, dass sie an einem nachbarschaftlichen Austausch interessiert war, auch wenn ich Zwiebeln esse. Ich bat sie in meine Küche und suchte den Zucker raus. Währenddessen stellte die neue Nachbarin etwas konsterniert fest, dass ich ja überhaupt keinen Wasserfilter benutzen würde. Ich fragte mich, was daran so ungewöhnlich sei. Das Berliner Wasser ist für seine hohe Qualität bekannt, nicht umsonst heißt es Trinkwasser. Erklärte ihr aber, dass ich eine ganz besondere Art hätte, mein Wasser zu veredeln.

Mir ist bekannt, dass Wassermoleküle die Struktur ihrer Umgebung annehmen. Das funktioniert nicht nur bei Blumen, durch die Bachblütentropfen ihre Wirkung erzeugen, sondern man erzielt diesen Effekt auch, indem man Worte auf eine Plastikflasche schreibt und das Wasser in dieser präparierten Flasche ein paar Tage stehen lässt. Worte wie *Krieg* oder *Ärger* oder *Spaßbremse* erzeugen also hässliche Wassermoleküle, und Worte wie *Liebe* oder *Dank* oder *Humor* erzeugen schöne Wassermoleküle. Wenn man dieses Wasser trinkt, kann man die Eigenschaften der Beschriftung aufnehmen. Da ich nur positive Worte verwendete, kann ich nur jedem bestätigen: So ab und an ein Liter Wasser tut dem Körper gut. Besonders im Sommer.

Das alles erklärte ich meiner Nachbarin, während ich ihr den Zucker gab. Als ich meine Ausführung beendet hatte, antwortete mir die Frau, dass sie auf so einen Kokolores nicht hereinfallen würde. Sie würde mir einen Brita-Filter empfehlen. Das Wissen dieser Marketingstrategen sei staatlich geprüft und das Gerät deswegen seriös in der Handhabung, damit das Wasser eine gute Trinkqualität bekäme. Und, trumpfte sie auf, die würden sich sogar darum kümmern, dass man zur richtigen Zeit genug trinkt. Sie habe auf ihrem PC einen Trinkwecker von der Firma Brita installiert, der sie zu gegebener Stunde daran erinnere, sich ein Glas Wasser oder Tee zu gönnen.

Aber sicherlich müsse ich auf solche Hilfen verzichten, gab die Nachbarin zu bedenken, da ich wahrscheinlich noch nicht einmal einen Computer besäße. Ich erklärte ihr, dass ich sehr wohl einen Computer hätte und den sogar regelmäßig benutzen und warten würde. Allerdings, betonte ich jetzt ebenfalls schulmeisterlich, wäre ich noch nicht so tot, dass mein Körper mir nicht signalisieren würde, dass und wann ich Durst hätte. Mich in solch existenziellen Dingen von meinem Computer abhängig zu machen, erschiene mir zu leichtsinnig.

Als wir uns verabschiedeten, waren wir beide beleidigt. Mir war das egal, denn ich entschied mich, mir in Zukunft vor dem Einkauf einen Zettel anzufertigen, der die nachbarschaftliche Hilfe überflüssig machen würde.

So kam es, dass ich nicht mehr an der Tür der Nachbarin klingelte, um Worte und Nahrungsmittel auszutauschen.

Dennoch begegnete ich ihr noch öfter – im Hausflur. Mal ging ich treppauf, und sie kam mir entgegen, oder ich ging treppab, und sie stieg die Stufen hinauf. Normalerweise pflege ich zu grüßen, wenn ich einem Nachbarn im Treppenhaus beegne. Mit meiner neuen Nachbarin entwickelte sich diese Formalität der Interaktion zu einem Bingo-Spiel. Mal grüßte sie, mal antwortete sie nicht. Ich machte dafür Hormonschwankungen verantwortlich, unter denen sie mit Sicherheit zu leiden hatte. Da ihr stummes, geisterhaftes Schleichen durch den Hausflur bei mir schlechte Laune erzeugte, gewöhnte ich es mir ganz ab, sie zu grüßen.

So kam es, dass wir uns eines Tages wieder im Treppenhaus begegneten und sie mich rügend fragte, ob ich nicht wisse, dass es sich gehörte, die Nachbarn zu grüßen. Sie musste einen guten Tag gehabt haben. Ich antwortete ihr, dass ich schon grüßen würde, wenn ich mit einer Erwiderung rechnen könnte. Die Frau fing an, sich aufzuregen, vielleicht wären meine Ohren nicht ganz in Ordnung, denn es könne sein, dass sie manchmal eine leise Stimme habe, aber grüßen würde sie immer. Ich wollte diesen Tatbestand nicht weiter in Frage stellen, dafür war mir die Treppenhausfloskel nicht wichtig genug. Aber ich bestätigte ihr, dass mit meinen Ohren durchaus alles in Ordnung sei. Sie erwiderte, dass so etwas nur ein Arzt mit Gewissheit feststellen könne. Sie hätte jedenfalls keine Zeit, sich um meine Gesundheit zu kümmern, da sie jetzt zu einem wichtigen Vorstellungsgespräch müsse. Während sie die Treppe weiter hinunterging, prophezeite sie noch, dass es meine Schuld sei, wenn sie daraus erfolglos hervorgehen sollte.

Ich rief ihr hinterher, dass ich ihr viel Erfolg wünsche, und das Gespräch würde schon gut verlaufen, da sie heute zumindest nicht zu überhören sei.

Ich machte es mir in meiner Wohnung gemütlich und überlegte, dass diese Frau vielleicht eine ausgefallene Wahrnehmung hatte. Dass sie sich dennoch um einen Job bemühte, beeindruckte mich schon ein bisschen.

Ich hatte gerade ein gutes Buch über die neuesten Erkenntnisse der Quantenphysik in Händen. Und in mir entstand die Vision, Wasser in Wein zu verwandeln. Biblisch, dieses Verlangen — und mit den Paradigmen der Quantenphysik gar nicht mehr so abwegig. Denn ein Quantensprung kann Energie in Materie verwandeln. Warum dann nicht Wasser in Wein?

Als ich die Nachbarin das nächste Mal auf der Treppe traf, erzählte sie mir ohne Umschweife und überglücklich, dass sie den Job bekommen hätte.

Es muss nicht immer ein Liebhaber sein, der die Welt verändert, dachte ich. Da sie ganz freundschaftlich tat, berichtete ich ihr freimütig von meinem Vorhaben. Erst sah sie mich ein wenig skeptisch an. Dann sagte sie aber, dass sich das gut träfe, denn sie wolle in der nächsten Woche ein Hoffest veranstalten, sozusagen als Einstand in ihr neues Betätigungsfeld. Da könnte ich mit meinem Vorhaben doch für die Getränke sorgen.

Ich finde es ja immer gut, wenn jemand an mich und meine Ideen glaubt. Eine Woche erschien mir aber entschieden zu kurz. Ich konnte meine Bedenken leider nicht mehr äußern. Das gesprochene Wort galt, und in bester Laune entschwand meine Nachbarin die Treppen hinauf. Mir blieb nichts anderes übrig, als mich an die Arbeit zu machen und meine Forschungen zu betreiben. Bald hatte ich mir die Utensilien für ein kleines Labor zusammengesucht. Bevor ich mich ans Werk machte, füllte ich noch ein paar Plastikflaschen mit Wasser ab (als Kontrollgruppe, damit das Experiment auch wissenschaftlich nachvollziehbar sein würde) und beschriftete die Flaschen mit den Worten *Wein* und *Ekstase.*

Die Zeit verging wie im Flug. Der Tag der Party brach an, meine Experimente hatten mich aber zu keinem sensationellen Ziel gebracht. Ich hatte keine Lust, diese Niederlage zuzugeben. Hätte ich lieber Stroh zu Gold gesponnen! Dann hätte ich genügend Geld gehabt, um der Nachbarin ein gelungenes Experiment vorzuspielen. Dafür hätte ich Wein gekauft und ihr erzählt, dass ich, um die Partygäste nicht zu irritieren, den Wein vorsichtshalber in gängige Flaschen abgefüllt habe.

Dem war aber nicht so. Ich wollte Wasser in Wein verwandeln. Also schickte ich mich an, einen letzten Versuch zu starten, um in die Geschichte der Getränkeherstellung einzugehen.

Das Wasser in Wasserdampf umzuwandeln war wie

immer ganz einfach. Die Schwierigkeit bestand darin, die Moleküle so umzuwandeln, dass sie eine neue Struktur annahmen. Dafür hatte ich mir einen Teilchentransformator gebaut. Laut Quantenphysik hängt es vom Beobachter ab, wie er die Elementarteilchen wahrnimmt: ob als Welle (auf welcher Frequenz auch immer) oder als Teilchen, das liegt zum einen am Versuchsaufbau, ganz besonders aber an den Erwartungen des Versuchsteilnehmers.

Wenn mir der Umwandlungsprozess nicht gelang, konnte es eigentlich nur daran liegen, dass meine Erwartungen noch nicht ganz gefestigt waren. Schon war es Mittag, und meine Nachbarin fing an, den Hof für das abendliche Fest vorzubereiten. Ansonsten war es im Haus hochsommerlich träge und still. Da gab es plötzlich einen Knall, so dass sich wohl jeder im Haus fragte: Ist das jetzt ein Terroranschlag, oder hat die Gasleitung ein Leck?

Nachdem ich mich von der Explosion und dem Schrecken erholt hatte, musste ich erst einmal meine Nachbarin und den Hausmeister, die beide herbeigeeilt waren, davon überzeugen, dass nichts Ernsthaftes passiert sei, außer dass die Hoffnung auf ein billiges Besäufnis am Abend geplatzt wäre.

Meine Nachbarin konnte ich damit leider überhaupt nicht beruhigen, denn, so berichtete sie, sie hätte zwar einen neuen Job, aber mit dem Lohn, den sie sich gerade erarbeitete, konnte sie erst einen Monat später rechnen. Das war normal, zumindest bei der Lebensmittelkette, bei der sie jetzt angestellt sei. Und so war es ihr nicht möglich, ohne meinen Erfindungsgeist die Party zu finanzieren.

Ich wunderte mich, wieso sie dann auf keinen Fall Zwiebeln essen konnte (so wichtig konnte die ganze Angelegenheit nicht sein, wenn sie auf ihr Geld warten musste), bedauerte aber nur, dass ich da auch nicht weiterhelfen konnte.

Der Hausmeister konnte weiterhelfen. Er verstand, dass man in dieser Situation zusammenhalten musste, übergab meiner Nachbarin einen Geldschein mit der Versicherung, dass er auch keinen Zins oder Zinseszins verlangen würde, und sicherte sich somit den Ehrenplatz beim abendlichen Fest.

Bis dahin versuchte ich, die Spuren meines misslungenen Experimentes zu beseitigen. Als sich die Gäste für das Fest versammelt hatten, brachte ich die Flaschen meiner Kontrollgruppe ins Geschehen. Man kann jetzt nicht sagen, dass die Leute dank des Wassers in betrunkene oder ekstatische Ausschweifungen verfallen wären. Es wurde aber noch ein lebhafter Abend in ausgelassener Stimmung. Diesmal ließ ich mich nicht von meinen Erwartungen abbringen und war überzeugt davon, dass mein präpariertes Wasser an dieser Stimmung nicht ganz unbeteiligt war. Meine Nachbarin sah das anders und schwor weiter auf ihren Brita-Filter. Da wir uns jetzt aber richtig gut verstanden, wollten wir demnächst noch einmal einen Selbsttest starten. Wir wollten einen ganzen Abend Wasser aus Flaschen trinken, die mit *Spaß* und *Gute Laune* beschriftetet waren.

Bibliografische Informationen der Deutschen Nationalbibliothek. Die Deutsche Nationalbibliothek verzeichnet diese Publikation in der Deutschen Nationalbibliografie, detaillierte bibliografische Daten sind im Internet über http//dnb dnb.de abrufbar

Lektorat: T.A. Wegberg
Coverlayout: A. B Vornehm
Textlayout: HM Krönke
Bild: Lydia Kraft
© 2016 Lydia Kraft
www.lydia-kraft.de

Herstellung und Verlag:
BoD – Books on Demand, Norderstedt

ISBN: 987-3-7431-0257-6